시골, 여자, 축구

전반전

하프타임

후반전

'반축반×'의 삶이 시작되다

내가 지금 뛰고 있는 축구팀인 반반FC는 2021년 충청남도 홍성군 홍동면에 생긴 여자 축구팀이다. 우리의 시작은 지금 우리 팀의 감독이자 코치인 민달팽이가 어느 날 마을 밴드에 이런 글을 올리면서였다.

안녕하세요~!!!
여자들만의 축구팀을 만들고자 글을 올립니다.
운동을 하고 싶은데 마땅한 기회가 없는 분들,
친목이나 취미 생활을 만들고 싶은 분들, 건강과
다이어트 두 마리 토끼를 잡고 싶은 분들,

연락 주세요~

문의 : 민달팽이 010-xxxx-xxxx

*모집 기간과 인원의 제한이 없으며 코로나 상황에 따라 일정을 진행할 예정입니다.

*준비물은 운동하기 편한 복장과 운동화만 있으면 끝!

*관련 저서를 참고해 보세요~

《우아하고 호쾌한 여자 축구》

글과 함께 한글 파일로 만든 것 같은 투박한 디자인의 포스터는 브라질과 영국의 여자 축구 국가대표 팀 주장 사진이 절반 이상을 차지하고 있었는데, 한 사람은 두 주먹을 불끈 쥐고 포효하고 있고, 다른 한 사람은 두 팔을 양옆으로 뻗어 골 세리머니를 하고 있었다. 단순하면서도 직설적으로 표현하는 코치님의 특징을 아는 사람이라면 그것이 '우아하다'와 '호쾌하다'를 있는 그대로 표현한 것이라는 걸 눈치챌 수 있다. 공지와 포스터 밑에는 이런 해시태그까지 달았다.

#축구#건강#친목#다이어트#핵인싸

이제 코치님을 알 만큼 알게 된 나는 코치님이 어지간히도 이 팀을 만들고 싶었구나 싶다. 특히 #다이어트#핵인싸 부분에서는 간절함마저 느껴진다. 그는 어떤 마음으로 우리 팀을 만들었을까. 매주 훈련을 받으며 항상 궁금했다. 공간도, 인원도 마땅치 않은 시골 마을에서 돈도 몇 푼 되지 않는 일에 어째서 이렇게 정성을 다하는가. 잘하고 싶어 하는 사람들의 욕구를 채워주기 위해 애쓰는 사람에게는 어떤 욕구가 있는 걸까. 나는 결국 참지 못하고 코치님을 따로 만나 이것저것 질문했다.

그의 답변은 이랬다. 어느 날 배낭여행을 하다 그동안 살아온 인생과 다른 삶을 살고 싶다는 생각에 귀촌하게 되었다. 다른 삶을 살아보겠다는 마음을 먹고 시골에 내려왔지만 남을 도울 수 있는 사람이 되고 싶다는 그의 신념은 여전했다. 시골에서 살다 보니 도시보다 기회가 적은 사람들이 보이기 시작했고 그들을 위한 일을 해야겠다 생각하고 있던 중《우아하고 호쾌한 여자 축구》를 보게 된 것이다. 이 책을 보고 여성들에게 축구할 기회가 없다는 것을 알게 되었고, 자신이 도움을 줄 수 있는 축구를 통해 지역 여성들의 건강에 도움을 주고, 생활의 활력소를 만들어 주고 싶어졌다. 여기까지 이야기를 마치고 명언 제조기라는 별명의 코치님답게 다음과 같은 명언을 쏟아 냈다.

"열정은 있지만 힘들 때, 나아갈 수 있는 힘은 어디서 나오는 것이겠습니까? 자기 자신을 발전시키는 것입니다. 저도 반반을 통해 배우는 것이 많습니다. 사람에 대한 이해, 인간으로서의 성장, 시야가 넓어지고 있습니다. 시련과 고비를 이겨낸 후 얻는 것들은 저에게도 자산입니다. 지도자의 마음이 생겨났다고 해야 할까요. 제가 그동안 많은 축구팀을 지나왔지만 싸움이 일어나지 않는 축구팀은 처음입니다. 무(無)에서 같이 시작하고 함께 성장하는 느낌이 있습니다. 그래서 반반이라는 팀을 잘 지키고 싶고 조심하는 부분도 많습니다. 제가 큰 지도를 해야겠다는 생각은 없습니다. 점들을 찍어 선을 연결하는 구조를 생각했는데 지금은 한계라고 느끼고는 있습니다."

나는 이 말을 듣고 감독님의 깊고 넓은 마음에 감동했다. 이해와 성장, 시련과 고비, 그리고 한계 같은 단어들 속에서 우리의 처음이 얼마나 심란했는지도 느껴졌다. 그의 큰 그림이 작아졌는지, 원래 작은 그림이었는지는 모르겠으나 민달팽이 코치님이 그려놓은 그림 속에서 작디작은 우리 팀의 모습이 그려지기 시작 했다.

우리 팀은 여러모로 많은 특징을 가지고 있다. 그중 가장 큰 특징은 훈련장도 팀원들의 주거지와 활동 반경도 모두 30분 안팎에서 해결된다는 거다. 심지어 주 경쟁 상대들도 대부분 비슷한 생활 반경 안에 있는 동네 사람들이다. 같은 동네 고등학교 여자 축구부와 초등학교 축구부, 그리고 족구팀 아저씨들이 그들이다. 이들과의 매치가 우리 팀의 가장 큰 행사이자 재미다. 이렇게 동네 사람들과 하는 축구는 경기 후 공공장소에서 마주쳤을 때 주고받는 인사가 묘미다. 뜨겁게 경기를 할 때와 차갑게 식어 있는 일상 사이의 커다란 갭 속에서 주고받는 인사란. 심지어 나는 열두 살 난 큰아이의 친구와도 치고받으며 경기하고 있는 실정이니 그들과 마주쳤을 때의 그 복잡하고 미묘한 심경을 이루 말할 수 없다.

'반반FC'라는 우리 팀 이름에 대해서도 궁금해하는 사람들이 종종 있다. 그런 질문을 받을 때마다 조금 난감하다. 일단 우리 팀 이름에 공식적인 의미가 없기도 하고, 생겨난 과정에 대해 설명하는 것도 어쩐지 조금 부끄럽기 때문이다. 몇 주 동안 팀 이름을 정하지 못해 고민하고 있던 차에 조조가 자신이 키우는 강아지를 훈련에 데려왔다. 그 강아지의 이름이 반반이었다. 강아지의 엉덩이에 검은색과 흰색 털이 반반씩 자리 잡고 있어서 지은 이름이라고 했다. 강아지 이름을 듣더니 코치님이 갑자기 "우리 팀 이름도 반반으로 하는 거 어때요?"라고 제안했다. 다들 팀 이름에 뚜렷한 의견이 없었기 때문에 그냥 그렇게 갑자기 팀 이름이 정해졌다. 만약 그때 온 강아지 이름이 바둑이라던가 방울이였다면 바둑이FC나 방울이FC가 됐을까? 그렇게 생각하니 조금 아찔하다. 코치님은 남의 집 강아지 이름을 가져온 것이 마음에 좀 걸렸는지 그날 밤 이런 문자를 남겼다.

> 팀 이름 '반반'의 의미를 더 찾아보면 좋을 듯합니다. 가령 팀의 마스코트를 반반이로 하면 좋지 않을까 하는 생각도 드네요. 반반과 함께하는 반반 축구팀, 사랑을 주고받고 보살피고 이런 과정을 운동과 함께하자는 의미… 너무 복잡한가요ㅎ 갑자기 스치듯 생각이 들어서 꺼내 보았습니다^^

코치님의 문자를 읽고 나니 왜 반반이 되었는지 더욱 모르겠지만 코치님 특유의 화법이 고스란히 담겨 있어 웃음이 났다.

　별다른 의미 없이 만들어진 이름이지만 나는 혼자만의 의미를 하나 만들었다. 이른바 '반축반X'. 한때 귀농귀촌자들 사이에서 '반농반X'라는 말이 유행이었다. 일본의 생태운동가 시오미 나오키가 만든 말로, 농사를 지으며 자급하는 일과 자신이 하고 싶은 일을(저술, 예술, 지역 활동 등) 함께 하며 적극적으로 사회에 참여해야 한다는 주장이다. 쉽게 말해 농사 반, 하고 싶은 일 (X) 반을 적절히 유지하며 살아야 한다는 것이다. 나는 이 반농반X의 의미를 빌려 우리 팀 이름의 뜻을 반축반X라 생각하기로 했다. '일상 반 축구 반'의 의미를 담아 '일상만 유지하다 축구를 잊어버리거나, 축구에만 빠져 일상을 해치지 않고 반반씩 균형을 잘 이루며 살아야 한다'는 구체적인 의미까지 담아서. 그래야 앞으로 내가 축구인이자 생활인으로 축구와 나를 오래오래 사랑하며 지낼 수 있을 거라는 생각이 들었기 때문이다.

　그러나 내가 그 균형을 잘 이루고 있는지는 모르겠다. '올해는 축구와 글쓰기만 하겠어!'라고 다짐하고는 일주일에 세 번 축구를 가고 한 달에 한 번 축구 글쓰기 모임을 하고 있기 때문이다. 균형을 잘 맞추겠다는 당찬 포부와는 달리 축구에게로 지나치게 기울어져 있는 이 상황이 좀 우습다. 준비하던 대회가 끝나 이제 다시 일주일에 한 번만 축구를 하지만, 여전히 축구하는 날은 나에게 가장 기다려지는 날이다.

무엇보다 팀원들과 같이 훈련하고 같이 기뻐하고 같이 분해하던 그 순간들이 쌓여 우정이 싹트고 추억이 만들어졌다. '이제 공동체는 질렸어' '더 이상 관계 속에서 나를 드러내기 싫어' '혼자가 최고야' 하며 숨으려고만 했던 내가 '우리는 함께여야 해' '우리 팀이 최고야'를 외치는 사람이 되어 버렸다. 정확하고 섬세한 관계는 아니지만 둥글고 뭉툭한 관계에서 오는 또 다른 매력을 느끼고 있다. 그 우정에 기대어 부끄러운 플레이를 하고 부끄러운 인성을 들켜 머리를 쥐어뜯어도 발걸음은 다시 운동장을 향한다.

축구, 해봤어?

생각해 보면 내가 축구를 시작하기 전까지 나에게 '같이 공 한번 차자!'라고 말했던 사람이 없다. 나조차도 밖으로 나가 공은커녕 달리기조차 해보려 한 적이 없다. 새벽에 일어나 축구 경기를 볼 정도로 축구를 좋아하게 된 후에도 '축구는 보는 거지 뛰는 게 아니야'라며 선을 그었다. 아이를 낳고부터 내 이름 앞에 붙는 '애 엄마'라는 수식어는 실로 고귀하면서도 너무나 무거워 수많은 경계선을 긋는다. 그 경계는 잔가지를 쳐주고 나아갈 길을 명확하게 보여 주는 대신 영역 밖의 일에 쉽게 겁먹게 한다.

그런 나를 밖으로 이끌어 준 건 동네 언니들이 축구를 시작했다는 소식이었다. 그때 내 하루 중 가장 즐거운 일은 마을에서 해외 축구를 좋아하는 청년들이 만들어 놓은 카톡방에서 수다를 떠는 것이었다. 각자 자신이 좋아하는 팀을 응원하고 상대 팀을 비난하며 요즘 해외 축구 정세가 어떤지에 대한 소식을 나누었다. 자신이 응원하는 팀의 경기가 있는 날이면 늦은 밤에도 카톡방이 요란했다. 나는 그 카톡방에서 내가 좋아하는 축구에 대해, 선수와 팀에 대해 마음껏 이야기하는 것이 좋았다. 열다섯 명의 카톡방 멤버 중 여자는 나 한 명뿐이었다. 다들 마을에서 오며 가며 자주 마주치던 사람들이어서 누구도 나를 배제하거나 소외시키지 않았지만 어쩐지 대화가 끝나고 나면 마음이 좀 허전했다.

그렇게 축구에 대한 마음을 키워 가고 있을 때 마을에 여자 축구팀이 생겼다는 소식을 듣게 되었다. 처음 들었을 때만 해도 호기심 정도였다. 여전히 나는 애 엄마고, 서른이 다 되어가도록 제대로 된 운동 한번 안 하고 살아 왔으니 축구는 내가 할 수 있는 일이 아니라며 계속 선긋기를 했다. 그런데 그 팀에 3남매, 4남매를 키우는 언니들이 나간다는 소식을 듣게 되었다. 그때부터 마음이 요동치기 시작했다. 그 소식은 내가 축구를 할 수 없는 가장 큰 이유였던 '애 엄마'라는 수식어를 깨끗이 지워 버렸기 때문이다. 속으로 그어 놓은 경계선이 희미해지기 시작했다. 그 언니들이 뛰는 모습을 보고 싶어졌다. 그렇게 나는 처음으로 축구를 하러 운동장에 나갔다.

훈련은 저녁 7시부터 동네 중학교 운동장에서 진행됐다. 한여름이라 모기가 극성이었다. 시골의 저녁은 적막하고 고요하며 칠흑같이 어둡다. 한밤중에도 대낮같이 밝은 도시에 비해 가로등도 드문드문 있고 불이 켜져 있는 집이 별로 없다. 농사를 짓기 위해서는 일찍 자고 일찍 일어나야 하기 때문이다. 여름이라 해가 길어서 오후 7시가 되어도 완전히 깜깜하진 않지만 하늘에는 이미 어두운 푸른빛이 감돌고 있었다. 총인원 열다섯 정도에 나이는 10대부터 40대까지 다양했다. 대부분 축구를 처음 하는 사람들이었다.

나는 늦게 가는 바람에 통성명도 제대로 하지 못하고 쭈뼛쭈뼛 훈련에 합류했다. 대부분 아는 사람이었는데도 우리가 축구를 하기 위해 모였다는 사실이 낯설어서인지 마치 처음 보는 사람들 같았다. 어두워서 그곳에 모여 있는 사람들의 얼굴이 잘 보이지는 않았지만 그들의 표정이 비장하다는 것은 알 수 있었다. 두 줄로 나란히 서서 운동장을 뛰고 훈련을 받는데 다들 자기 자신에게 집중하느라 아무 말이 없었다. 점점 어두워지는 학교 운동장에 투박한 발소리만 들렸다.

처음 훈련을 받으며 놀랐던 것은 생각보다 체계적인 훈련 방식이었다. 사실 나는 시골에서 회비도 따로 받지 않고 갑자기 시작된 이 모임에 큰 기대가 없었다. 적당히 몸을 풀고 다 같이 공을 따라 뛰어다닐 거라고 예상했다. 그러나 나의 안일한 생각과는 달리 우리는 코치님이 세팅해 둔 접시 콘, 고깔, 스텝 레더 등을 이용해 제대로 된 기초 훈련을 받았다. 냅다 뛰기만 하는 축구가 아니었던 것이다. 한창 프리미어리그에 빠져 있던 나는 속으로 '이거 시합 전에 선수들이 하던 건데!'라며 흥분했다. 특히 작은 사다리 모양의 스텝 레더 한 칸한 칸을 다리를 높이 들어 올리며 지나가거나 양쪽으로 발을 넣었다 뺐다 하며 스텝을 밟을 때는 약간의 과장을 보태어 마치 내가 선수가 된 것 같은 기분마저 들었다. 그곳에 나온 사람들의 표정이 왜 비장해졌는지 알 것 같았다. 내 표정도 점점 그들과 같아지고 있었다.

문제는 마지막에 진행된 미니 경기였다. 그때쯤 하늘은 어두운 푸른색에서 검은색으로 변해가고 있었다. 이제 밤이라고 해도 무방한 시간이었다. 운동장 가장자리에 놓여 있는 한두 개 가로등만이 우리를 비추는 유일한 불빛이었다. 인원을 절반으로 나눠 두 개의 팀을 만들었다. 운동장 사분의 일만 한 미니 경기장에서 짧은 경기를 하는 것이 마지막 훈련 세션이었다. 어둠 속에서 경기가 시작됐다. 나에게는 그것이 첫 시합이었다. 그곳에 있던 사람들은 비장한 마음으로 매우 진지하게 훈련에 임했지만 대부분 제대로 된 축구 경기를 해본 적이 없는 사람들이었다. 어두워서 공이 잘 보이지도 않았을뿐더러 다들 어떻게 플레이를 해야 할지 몰랐다. 우리가 아는 것은 오직 두 가지뿐이었다. 하나, 축구공은 발로 차야 하며 둘, 그 공은 상대 팀 골대를 향해야 한다(골대 안으로 들어가면 더 좋다).

　내가 훈련을 받기 전 상상했던 축구가 시작됐다. 운동장 위에 있는 모든 사람이 공 하나만 보고 달려들기 시작했다. 사람들이 말하던 '개떼축구'의 정의를 정확하게 알 수 있었다. 그동안 육아와 집안일로 산책 한번 제대로 하지 못하고 집에만 있던 나는 뛰기 시작한 지

1분도 안 돼서 숨이 찼다. 몸과 마음이 따로 논다는 말, 다리가 풀려서 주저앉았다는 말을 처음으로 경험했다. 경기가 끝나고 나서는 폐가 아팠다. 목에서 피 맛이 나는 것 같은 기분이 들기도 했다. 이러다 피를 토하는 건 아닐까 하고 생각했다. 고된 몸을 뉘어 잠이 들 때쯤에는 하반신이 사라진 것 같은 기분이 들었고 다음 날에는 다리가 나 여기 붙어 있다며 자신의 존재를 알려주기라도 하듯 움직일 때마다 엄청난 고통이 몰려왔다. 그날 일기에는 이렇게 적혀 있다.

어디에 알이 배긴지도 모르게 온 다리가 아프다.
나는 내가 축구를 못해서 창피할 줄 알았는데 그런
것을 생각할 겨를이 없었다. 시합이 시작되니 나는
미친 듯이 뛰고 있었다. 거기 온 모든 사람이 그랬다.
내가 생각했던 것보다 나의 모습은 더 형편없었지만
다 뛰고 난 뒤에는 창피함보다 희열이 느껴졌다.
날것 그대로의 나를 드러냈는데도 창피하지 않다니,
오히려 희열이 느껴진다니. 매번 남과 비교하고 다른
사람의 시선을 의식하는 나에게는 대단한 경험이
아닐 수 없다. 격렬한 움직임을 통해서만 얻을 수 있는

경험이라는 생각이 들었다. 그동안 내가 겪어보지
못했던 즐겁고 흥미로운 경험이다.

나는 자주 그날의 첫 훈련을 떠올렸다. 주말에 있을 훈
련이 기다려졌다. 그러다 어느 날 나는 남편에게 운동
장에서의 그날처럼 비장한 표정으로 이렇게 말했다.
"여보, 나 이 팀에서 손흥민이 되긴 글렀고 케빈 데브
라위너°가 되어 봐야겠어." 남편은 크게 (ㅂ)웃었다.

° 케빈 데브라위너: 현재 영국 프리미어리그에서 디펜딩 챔피언이라 불리는
맨시티(맨체스터 시티 FC)의 간판스타이자 에이스인 공격형 중앙 미드필더.
한국 사람들은 그의 이니셜을 가져와 김덕배라는 이름을 지어 부르고 있다.

'이니광훈'을 제치는 그날까지

어린 시절, 아버지는 운동장에 공이 놓여 있으면 어김없이 나에게 이 공을 뺏어보라며 발재간을 부리셨다. 나는 온 힘을 다해 달려들었지만 한 번도 그 공을 빼앗아 본 적이 없다. 몇 번 더 달려들다 약이 올라 다른 데로 가버렸다. 그럼에도 아버지가 축구를 잘한다고 생각해 본 적은 없다. 그저 어른과 아이의 체급 차이 때문이라고 생각했다. 아버지가 실제로 운동 경기를 하는 것은 본 적이 없었기 때문이다. 그 시절 아버지에게 운동이란 몸을 쓰며 즐기는 운동보다 부도덕한 사회와 싸우는 운동이 더 많았기 때문일지도 모르겠다.

아버지의 축구 실력을 알게 된 건 고등학생이 되고 나서였다. 나는 전교생이 60명 정도밖에 되지 않는 작은 시골 학교에 다녔다. 아버지는 그 학교의 농사 선생님이었다. 우리 반은 유독 남자애들의 비율이 높았는데 대부분 축구에 미쳐 있었다. 수업 시간 외 모든 시간에 축구를 했다. 그렇게 하는 것만으로는 부족했는지 어느 날 학교에 풋살 리그를 만들었다. 3, 4팀 정도가 만들어 졌고 선생님들도 함께했다. 학교에서 열리는 경기를 보며 아버지의 축구 실력이 대단하다는 것을 알게 됐다. 친구들은 아버지를 그 당시 유명했던 축구 선수 '이니에스타'의 이름을 따와 '이니광훈'이라고 불렀다. 리그의 열기는 계속해서 달아올라 팀마다 유니폼을 주문하고 해설진도 생겨났다. 경기도 늘어났다. 나는 그 열기와 분위기가 좋아 매니저를 자진했다. 우리 팀 경기가 있을 때 주변에 앉아 소리를 지르며 응원하고 선수들에게 물을 떠줬다. 물까지 떠준 건 자진해서 수발러가 된 것 같아 이제 와서 생각하면 좀 수치스럽기도 한데, 어쨌든 매일 빠짐없이 나가 최우수 매니저 상도 받았다.

그때 왜 직접 경기를 뛸 수도 있다는 생각은 하지 못했을까? 이후 여자 축구 리그도 생겨났지만, 그때는 고

25
'이니광훈'을 제치는 그날까지

3이기도 했고 이런저런 핑계를 대며 '뛰는 건 내 영역이 아니야' 하고 선을 그었다. 그때 내가 나에 대한 더 넓은 안목을 가졌더라면, 겁먹지 않고 그 선을 넘어설 용기가 있었더라면 하는 아쉬움이 남는다. 그때는 몰랐다. 내가 이렇게 축구와 사랑에 빠지게 될 줄은.

그래서인지 축구를 시작하고 가장 먼저 느낀 감정은 억울함이었다. 이렇게 재밌는 것을 이제야 알게 되다니. 너무나도 하찮은 나의 실력과 마주할 때마다 미친 듯이 축구만 하던 그 남자애들이 떠올랐다. 그 애들이 떠오를 때마다 부럽다 못해 약이 올랐다. 그때 물 떠줘서 고맙다는 말 대신 너도 한번 뛰어보라고, 이게 얼마나 재밌는지 직접 뛰어봐야 안다고 말해줬더라면, 그래서 내가 그때부터 축구에 재미를 붙였더라면. 그러면 최소한 축구에 관심도 없는 내 남편 정도의 실력은 갖출 수 있지 않았을까, 하는 그런 아쉬움이 불어났다. 불어나는 아쉬움은 나를 자꾸 재촉했다. 그동안 억울하게 못 배운 시간만큼 빨리 배우고 빨리 익히고 싶어 자주 조급해졌다.

매주 축구를 하러 운동장에 나간 지도 벌써 3년이 넘었다. 이제는 조급한 마음보다 뿌듯한 마음이 크다. 조급함 때문에 혼자 앞서가고 싶어 했던 옛날과 달리 이제는 함께 하는 재미를 알게 되었다. '축구는 팀 스포츠'라고 강조하던 사람들의 말을 이제는 이해할 수 있다. 자기가 뛰는 자리를 잘 지키고 주변 친구들과 텔레파시를 주고받으며 패스를 잘 찔러 주었을 때의 짜릿함이 얼마나 큰지 알게 되었다.

시간에 비해 실력은 너무 미미하게 늘었으나 그래도 성실히 나갔다는 것에 만족하고 있다. 근면함으로 어쩌다 보니 주장 완장도 얻었다. 괜히 부끄러워 스스로 바지 주장이라 칭하지만 사실 꽤나 자랑스럽다. 다른 동네 사는 친구들에게 은근슬쩍 자랑하기도 좋다. "나 우리 동네 축구부 주장이야"라고 말하는 내 자신이 좀 멋지다. 여전히 시합을 하고 난 뒤나 훈련을 하면서 실력으로나 인성으로나 부족한 내 모습을 마주할 때면 '이런 내가 계속 주장을 해도 되는 걸까?' 하는 생각이 가장 먼저 들지만 그만큼 우리 팀에 대한 애정도 날로 늘어간다.

지금은 할머니가 되어서도 축구하는 게 꿈이다. 할아버지가 된 아버지도 아직 발재간이 훌륭한 걸 보면 나도 충분히 가능할 것 같다. 언젠가 아버지의 발재간에 속지 않고 한 번쯤 공을 뺏을 수 있지 않을까 상상해 본다. 이니광훈을 제치는 그날을 위해 이번 주 훈련도 열심히 해야겠다.

비키니 대신 브라탑

족구팀 아저씨들과 미니 경기를 하면서였다. 잔기술이 좋은 아저씨들이었지만, 아무래도 우리가 여성이라는 인식 때문인지 몸이 닿는 것을 조심스러워했다. 나는 아저씨들의 그런 심리를 이용해 더욱 열심히 달려들었다. 당황한 아저씨들은 나에게 공을 빼앗기거나 자신의 원래 계획대로 진행하지 못하는 경우가 늘어났다. 조금 치사한 방법이긴 했지만 그래도 그럴 때마다 기분이 좋았다. 뭔가 게임으로 치자면 나에게 새로운 아이템 하나가 생긴 것 같았다. 그렇게 으쓱한 기분으로 경기를 마치고 나오는데 코치님이 내게 다가와 말했다.

"해원, 이제 보니 아주 쌈닭이었네요."

'쌈닭'이라는 말에 숨겨왔던 나의 본능이 자극되고 기분이 좋아졌다. 자주 싸우고 제멋대로였던 어린이 시절을 지나 어른이 되고 결혼을 하면서는 좀처럼 싸울 일이 없었다. 간혹 (아니, 자주) 아이들에게만 숨어 있던 거친 본성이 드러났는데, 그럴 때는 매번 부끄러웠고 언제나 후회했다. 그러나 축구를 하며 드러난 나의 쌈닭 본능은 부끄럽기보다는 기뻤다. '그래, 축구를 하려면 쌈닭 정도는 돼야지!' 하는 허세 가득한 마음이 부풀어 올랐다.

하지만 몸빵으로만 대적하기에 내 몸은 빈약하기 그지없기 때문에, 요즘은 팔 쓰는 법을 연구하고 있다. 야수는 못 되더라도 쌈닭의 본능으로 재빠르게 상대보다 먼저 어깨를 집어넣으며 또 하나의 축구 기술로서 팔을 쓰고 싶다. 이런 생각을 하고 있으니 언젠가 또 코치님이 한 말이 떠오른다.

"축구에서 팔을 잘 쓰는 사람이 되면 진정한 고수의 반열에 들었다고 할 수 있습니다."

그때는 '발로 하는 축구에 웬 팔?' 하며 의아해했는데, 이제야 그 말뜻을 알겠다. 하면 할수록 축구가 발로

만 하는 운동이 아니라는 걸 알게 되었기 때문이다. 머리부터 발끝까지 몸의 모든 부분을 잘 쓸 줄 알아야 진정한 쌈닭이 될 수 있다는 것을 깨달아 간다.

날이 많이 더울 때는 운동장을 한 바퀴만 뛰어도 얼굴이 달아오른다. 열심히 훈련을 하고 잠시 쉬며 마시는 미지근한 물이 그렇게 달 수가 없다. 마지막 훈련으로 미니 경기를 할 때 팀 구분을 위해 망사 조끼를 입는데, 그 조끼를 입기는커녕 그 망사 조끼만 입고 싶은 심정이 된다. 그리고는 생각한다. 아, 웃통 벗고 싶다.

언젠가 남성과 여성의 성 역할이 완전히 뒤바뀐 세상을 표현한 프랑스 단편 영화를 본 적이 있다. 오래전에 본 거라 내용이 정확히 기억나진 않지만, 선명하게 남아 있는 한 장면이 있다. 환한 대낮에 한 여성이 웃통을 다 벗고 조깅을 하는 모습. 출렁이는 가슴을 그대로 노출한 채 누구보다 가볍게 뛰어가는 그 여성의 모습은 시각적으로 느끼는 이질감과는 달리 굉장한 해방감을 느끼게 해주었다.

요즘 같은 날씨에 훈련을 하다 보면 그때 그 장면이 자주 떠오른다. 남자들은 더우면 잘만 웃통을 벗던데 왜 나는 벗으면 안 되는지 심술이 나기도 한다. 그러다 결국 '웃통 벗고 싶다'라는 말이 입 밖으로 튀어나올 때면 코치님의 표정에 당황한 기색이 역력하다. 그런 코치님을 뒤로 한 채 나는 옆에 있는 친구들에게 나중에 우리끼리 한밤중에 모여 웃통 벗고 축구 한번 하자며 낄낄댔다.

올해는 몇 년째 실패 중인 '비키니 입고 수영하기' 대신 '브라탑 입고 축구하기'를 목표로 삼았다. 얼마 전 감격하며 봤던 〈사이렌〉이라는 프로그램에서 브라탑을 입고 땀 흘리던 언니들의 모습에 반해버렸기 때문이다. 그들의 근육질 몸과 그 몸을 이용하는 능력에 감탄했다. 특히 팔씨름 결승을 앞두고 "팔씨름 대회에서 일등을 했는데 상대 애 팔뼈가 부러졌어요"라고 당당하게 말하는 소방 언니를 볼 때는 울컥하는 마음까지 들었다. 팔씨름을 잘하고, 삽질을 잘하고, 덩치가 커서 각광받는 이 순간이 오기까지 얼마나 많은 곡절이 있었을까, '사내놈같이'라는 수식어 뒤에 얼마나 많은 놀림과 수모를 겪었을까 하는 마음이 들어서.

축구 글쓰기를 하며 나도 모르게 '투쟁 심리'가 생긴다는 말을 종종 써왔는데, 이런 마음이 생긴 이유도 같은 것이 아닌가 생각해 본다. 나는 그저 축구가 좋아서

할 뿐이었는데 축구를 하며 나의 한계뿐만 아니라 사회적 한계를 함께 뛰어넘는다고 느껴 왔던 것이 아닐까. 누군가에게 당연한 것이 누군가에겐 당연하지 못하다는 사실이, 그 당연함을 누리지 못하는 쪽의 대부분이 여성들의 몫이라는 사실이 자주 서럽지만 또 한편 그것을 넘어설 때마다 경계와 선을 지워가는 모습이 너무너무 멋지다. '누구같이'가 아니라 그저 '나이기 때문에' 하는 이 행위들이 그것만으로 운동이 된다는 사실이 서러웠던 내 마음을 조금은 다독여 준다.

비키니 대신 브라탑

어디서나 전력 질주

축구를 시작한 지 얼마 안 되어서 나는 이런 생각을 했다. "나 생각보다 빠른 것 같은데?"

생활 체육을 즐겨 하진 않았지만 그래도 운동신경은 꽤 있는 편이었다. 학창 시절에도 체육 점수는 대체로 잘 받았다. 고2 때 하키 시험을 봤는데 반에서 여학생과 남학생을 통틀어 가장 최고 점수를 받은 적도 있다. 그래서였을까. 축구를 하면서도 나는 내가 빠르다고 생각했다. 달리기를 할 때마다 들리는 바람 소리가 마치 나의 속도를 말해주는 것 같았다. 천천히 뛰어도 바람 소리가 난다는 것을 모를 정도로 제대로 달려본 적도 없으면서 말이다. 전력을 다해 달리는 나의 모습이 마냥 좋기만 했다.

내가 달리는 모습의 현실을 자각하게 해 준 것은 사람이 아닌 기계, 바로 드론이었다. 우리 팀은 '농촌형 여성 축구단'이라는 특징 외에도 여러 특징이 있는데 그중 하나가 실력에 비해 과다하게 보유하고 있는 인력과 장비다. 축구를 뛰는 인원은 열 명이 채 되지 않는데 우리 팀에는 코치, 매니저, 서포터즈에 전력분석관까지 있으며 최근에는 응원단장도 생겼다.

전력분석관님은 우리 팀 수비수 수인의 남편이자 드론을 이용해 우리 경기나 훈련 영상을 찍어서 우리 팀 밴드에 올려 주시는 분이다. 우리를 위해 드론을 구매한 것인지 구매한 드론을 위해 우리를 찍는 것인지는 모르겠으나 어찌 됐든 어느 날 드론을 들고 나타난 그는 아주 젠틀하게 양해를 구한 후 하늘 높이 드론을 띄워 우리를 찍기 시작했다. 수인은 부상으로 나오지 못하는 날이 이어지고 있음에도 그는 어김없이 드론을 들고나와 우리 팀을 찍어 주었다. 우리는 그렇게 찍힌 영상을 처음 보고는 정말이지 새로운 세계가 펼쳐진 느낌까지 들어서 그를 전력분석관 자리에 임명하고 추앙하기에 이르렀다.

그렇게 보게 된 영상 속 내 모습은 내가 생각했던 것과 달랐다. 나는 내가 치타처럼 날쌔고 날렵하다고 생각했는데, 영상 속의 나는 등에 돌을 묶어 놓은 사람처럼 느리고 둔했다. 약간의 실망과 엄청난 부끄러움이 몰려왔다. '역시, 사람은 제 분수를 알고 살아야 해.' 깊은 깨달음을 얻은 나는 반성하며 나 홀로 자숙의 시간을 가졌다.

이후 하락했던 나의 달리기 자신감에 새로운 국면을 맞이하게 되는 사건이 생겼다. 처음으로 참여한 아이들의 운동회 날이었다. 코로나19 이후로 아주 오랜만에 참여하는 체육 행사에 신이 난 과몰입 생활 체육인인 나는 당연하게도 체육복을 챙겨 입고 집을 나섰다. 학교에 도착해서야 내가 또 한 가지 당연한 사실을 잊고 있었다는 것을 알게 되었다. 오늘 체육 행사는 엄연히 학교를 다니는 아이들의 행사이고 나는 체육인이 아니라 학부모였다는 사실을 말이다.

나와 마주치는 학부모들은 하나같이 나에게 이렇게 말했다. "오, 해원 씨, 오늘 좀 뛰려나 봐요? 이따 계주 나가셔야겠네~" 학교가 작으니 소문은 빠르게 퍼졌고 딱히 소문이 나지 않아도 이 작은 학교에서 내 모습은 이미 너무 튀었다. 청바지와 슬랙스 사이에 아디다스 반바지를 입은 사람. 학부모와 체육인 사이에서 애매하게 갈등하는 사람. 그게 바로 나였다. 그 와중에도 문득 '이럴 줄 알았으면 차라리 축구팀 홍보라도 하게 유니폼을 입고 올 걸 그랬나?' 하는 생각이 들었다. 유니폼을 입고 온 나를 잠시 떠올렸다가, 곧이어 사랑하는 나의 아이들이 나를 모르는 척하고 부끄러워하는 장면이 떠올라 강하게 고개를 저었다.

내가 운동회의 피날레인 계주 선수가 되는 것은 기정사실이 되었다. 나와 같은 팀 부모들은 내 차림새를 보고 안심하는 눈치였다. 아마도 나를 보며 이렇게 생각했을 것이다. '저 사람 덕분에 나는 안 끌려 나가겠구나.'

학부모 계주는 남자 다섯 명, 여자 다섯 명 총 열 명이 한 팀이 되어 달린다. 한 사람당 운동장 반 바퀴, 여자와 남자가 번갈아 가면서 달리는 것이 규칙이다. 급하게 사람을 모으고 정신없이 순서를 정한다. 다들 서로의 실력을 정확히 파악하진 못하기 때문에 대충 정하지만 바쁜 와중에도 처음과 끝에 세울 사람은 신중하게 고른다. 이것도 엄연한 승부의 세계이기 때문이다. 기대에 찬 아이들 눈빛에 부응하는 부모로서의 책임의식과 백 명이 넘는 사람들이 지켜보고 있다는 것에서 적당한 긴장감과 부담감이 있는 경기였다. 빠르다고 소문난 사람, 혹은 잘 뛸 것 같아 보이는 사람들을 골라 재빠르게 협의한다. 그중 나는 단연 후자의 사람. 선수로 나온 열 명 중 유일하게 체육복을 입고 있던 탓에 나는 결국 우리 팀 여성들 중 가장 마지막 주자가 되었다.

달릴 순서에 맞춰 상대 팀과 두 줄로 나란히 서고 보니 나와 같이 뛸 상대 팀 마지막 주자는 반반FC 뻔뻔이고, 내 바통을 전달받을 우리 팀 마지막 주자는 다름 아닌 반반FC 전력분석관님이었다. 작은 마을에서는 뭘 해도 겹치고 마주치기 마련이라지만 이렇게 만나게 될 줄이야. 그래도 이 학교의 에이스 주자로 나온 사람들이 모두 우리 축구팀 사람들이라는 것에 어깨가 으쓱했다. 역시 유니폼을 입고 왔어야 했나.

경기가 시작되고 곧 뛰어야 하는 주자는 라인 앞에, 다음을 기다리는 주자들은 운동장 안쪽에서 자기 차례를 기다렸다. 나는 앞서 달리는 사람들을 보며 알게 되었다. 대부분의 사람은 등에 돌 하나씩은 메고 달리는 구나. 다들 드론 영상에 나오는 나와 크게 다르지 않았다. 그래도 내가 멘 돌은 좀 가벼운 축에 속한다는 것도 알게 되었다. 그리고 온 힘을 다해 힘껏 달리는 사람들을 보며 오직 인간의 몸 하나만으로 짧은 시간 최대한의 에너지를 뿜어내는 달리기의 매력에 사로잡혔다. 정신없이 다른 사람들이 달리는 모습을 보다 보니 어느새 내 차례가 다가왔다. 나는 조용히 신발을 벗었다. 축구팀의 명예와 부모로서의 명예, 그리고 아디다스 반바지의 명예를 걸고 온 힘을 다해 내달렸다. 다행히 나는 여전히 꽤 빠른 편에 속했고 내 바통을 이어받은 전력분석관님은 더욱 빨랐으며 결국 승리를 거머쥠으로써 모든 명예를 훼손하지 않을 수 있었다.

운동회의 여파가 남았는지 아이들은 지금도 매일같이 달리기를 한다. 전력으로 뛰고 시간도 재가며 열심이다. 그 모습을 보며 '어린이들은 매일매일이 전력 질주구나' 하고 생각했다. 자기 몸에서 끌어올 수 있는 최대한의 에너지를 뿜으며 내달리는 어린이들의 모습을 보며 달리기란 꼭 빠르지 않아도 멋진 것이라고도 생각했다. 어른이 된 나는 축구에서도 그렇듯 삶에도 전력 질주보다 적절한 완급 조절이 더 중요하다는 것을 알게 되었지만 때로는 이렇게 전력을 다해 질주하고 가끔은 폭주도 하는 삶 역시 필요하다는 생각이 든다. 힘껏 내달린 다음 느끼는 개운함을 아는 사람은 인생의 어느 곡점에서 꼭 한번은 내달리게 될 것이기 때문이다. 그러므로 나는 다시 고민한다. '내년 체육 대회에는 뭘 입고 가야 할까?' 아무래도 그때는 유니폼을 입고 가야 할 것 같다.

같이 축구하는 사이

오랜만에 훈련에 사람들이 많이 왔다. 날씨가 좋았고 우리 팀원들 말고도 마을 사람들이 여럿 참여했다. 심지어 신입회원까지 왔다. 대여섯 명이 뛰는 것에 익숙한 우리 팀에 오랜만에 사람이 와글와글하니 기분이 들떴다. 코치님이 오늘은 포지션 훈련을 하자고 했다. 이것은 아주 감격스러운 일이다. 포지션 훈련을 할 수 있을 만큼의 인원이 모였다는 것에 첫 번째 감격. 패스도 제대로 못 하던 우리가 포지션을 맡아 간격을 유지하며 함께 움직이는 훈련이 가능해졌다는 것에 두 번째 감격.

세 명의 수비와 두 명의 미드필더, 양 사이드 윙어에 공격수까지의 포지션이 정해졌다. 고맙게도 놀러 온 마을 청년들과 아저씨들이 상대 팀이 되어주었다. 인원 비율은 8 대 4. 사실상 우리 위주의 훈련이다. 우리는 공격하는 위치에서 각 포지션 간의 간격이 어떻게 유지되어야 좋은지, 공을 받은 뒤 어떻게 함께 움직여야 하는지를 배웠다. 그리고 간격을 유지하며 앞으로만 가기보다 뒤와 옆을 활용한 방향 전환을 하는 것이 중요하다는 것도 함께 배웠다.

얼추 포지션 훈련을 끝내고 훈련받던 포지션 그대로 미니 게임을 했다. 상대 팀으로 코치님과 어린이 친구 한 명도 가세하여 8 대 6이 되었다. 두 명의 미드필더는 양옆이 아닌 위아래로 섰고 나는 아래쪽 미드필더였다. 그리고 내 뒤에는 센터백 비빔이 있었다. 비빔은 우리 팀 수비수 중 가장 선임이다. 유일한 고글 소유자이며 그로 인해 가장 자신 있게 헤딩을 할 수 있고 그만큼 거침없고 단단한 수비를 자랑한다. 그런 비빔이 내 뒤에 있으니 마음이 든든했다.

경기가 시작되고 코치님은 우리가 더 적극적으로 공격 상황을 만들기 바라는 눈치였다. 내 뒤에 있는 센터

백 비빔에게 더 적극적으로 움직이고 앞으로 치고 나가라고 지시했다. 비빔은 원래 입력과 출력이 느린 편인데 어째서인지 그날따라 빨랐다. 갑자기 비빔이 나보다 앞서 나가기 시작했다. 나는 코치님의 코칭과 비빔의 움직임에 헷갈리기 시작했다.

비빔 양옆에 있던 수비수들은 축구를 시작한 지 얼마 안 된 신입 부원이었고, 나와 비빔은 서로의 빈 자리를 채워 주어야 했다. 그러다 보니 계속 달려 나가는 비빔의 뒷공간을 미드필더인 내가 계속해서 채워야 하는 상황이 반복됐다. 비빔과 나의 포지션이 바뀌는 것 같은 기분이 들어 혼란스러웠다. 나는 계속 비빔에게 같은 말을 하게 됐다. "자리 지켜요, 자리!" "우리 지금 자꾸 겹쳐요!" 같은 말을 반복하다 보니 내가 자꾸 비빔을 혼내는 것 같은 기분이 들었다. 조용히 수비만 보면 되는데 내가 자꾸 욕심을 부리는 건가 싶은 생각도 들었다. 점점 생각이 많아지기 시작했다. 운동은 반응 속도에 따라 능률이 달라진다. 그러므로 생각이 많아지면 반응 속도가 느려지고, 능률이 떨어진다. 나는 점점 정신이 혼미해지고 뚝딱거리기 시작했다. 비빔은 계속 튀어 나가고, 나는 뚝딱거리고, 코치님의 코칭은 헷갈리고 정신이 하나도 없었다.

혼란 속에 1쿼터와 2쿼터가 끝났다. 마지막 쿼터를 남겨두고 내 걱정은 풍선처럼 부풀어 올랐다. 그때 비빔이 내 옆으로 다가와 말했다. 비빔도 나의 심각한 표정을 읽은 듯했다.

"해원이 계속 얘기하고 있는 거요, 제 성격 때문인 거 같아요. 제가 원래 남한테 지시를 잘 못해요. 제가 센터백이니까 뒤에서 사람들한테 지시해야 하는데, 그걸 못하니까 제가 자꾸 뛰어나가는 거 같아요."

걱정 풍선의 크기가 작아지기 시작했다. '아, 이건 실력의 문제가 아니라 성격의 문제일 수 있겠구나.' 비빔의 움직임을 이해하게 되었다. 비빔의 플레이는 조금 느리고 주변 사람들의 말에 크게 휘둘리지 않으며 미묘한 자기만의 타이밍이 있다. 그게 운이 좋으면 상대의 타이밍을 뺏고 운이 나쁘면 같은 팀의 타이밍을 뺏는다. 그래서 종종 엇갈릴 때가 있지만 클리어링을 하거나 패스를 할 때 깔끔하고 정확하며 힘이 좋다. 나는 그런 비빔의 군더더기 없는 플레이가 좋다. 느리고 조용해도 할 말은 다 하는 비빔의 성격과도 닮았다. '축구에도 성격이 나온다.' 봄봄과 내가 자주 하는 얘기다. 축구를 하면서도 생각이 많고 주변 사람들을 자꾸 의식하는 것도 내 성격과 닮은 플레이다. 비빔이 이어 말했다.

"그 부분을 내가 한번 노력해 볼게요."

그렇게 들어간 3쿼터에서 비빔은 주변 사람들에게 필요한 부분을 지시하기 시작했다. "해원! 저쪽 막아줘야 해요!" "지금 나간 공은 명아가 던지고 해원은 앞으로 나가요!" 소리치는 비빔과 비빔의 말대로 움직이던 나는 서로 눈이 마주칠 때마다 그의 패스 타이밍처럼 미묘하게 웃었다.

나는 집으로 돌아와 비빔에게 장문의 문자를 보냈다. 오늘 경기를 하며 느꼈던 마음을 전하고 싶기도 하고 앞으로 비빔과 더욱 잘 맞춰 나가고 싶어서였다.

오늘 비빔에게 너무 요구만 했던 것 같아 미안했어요. 미드필더로서의 역할을 잘하고 싶은 마음과 욕심이 있어서 그랬던 거 같아요. 비빔과 저의 포지션이 다른데 자꾸 겹치는 게 이상하다는 생각이 들기도 했고요. 근데 3쿼터 들어가면서 비빔이 성격상 지시하는 게 어려워서 자꾸 뒤처나가게 된다는 얘기를 들으니까 이해가 가고 또 같이 변화해 가는 모습이 감동이었어요. 같이 오래 훈련하다 보니 이런 재미도 있네요! 우리 내년에는 꼭 같이 대회 나가요! 그리고 담주에는 꼭 총각김치 가져갈게요~!

비빔 역시 장문의 답장을 보냈다.

필요하면 요구를 하는 게 맞다고 생각하는데요. 제가 의식한 상태에서 겹치진 않거든요. 그래서 해원이 겹친다고 했을 때가 구체적으로 어느 상황인지가 궁금했어요. 어떤 때 내가 인식하지 못한 상황에서 겹치고 있는지 알면 좋겠다는 생각이 들었어요. 상황이 된다면 경기 중에 알려주면 젤 좋구요. 여튼 잘해보고자 그런 것이라 생각해서 상처를 받거나 하진 않았어요. 앞으로도 재밌게 축구했으면 좋겠네요. 잘 쉬고 다음 주에 봐요~

나는 다시 장문의 답장을 보냈다. 이 문자 역시 우리의 앞날을 위해서다. 우린 앞으로도 오래오래 같이 뛸 테니까.

지금 생각해 보니 실제로 겹쳤다고 느낀 건
초반이었고 뒤로 갈수록 포지션이 변해버리는
것 같은 기분이 들어서 좀 혼란스러웠어요. 저는
미드필더였으니까 중앙을 지키고 조율해야 한다고
생각했는데 수비수인 비빔이 저보다 앞으로 나가니까
제가 뒤를 지켜야 하는 순간이 많다고 느꼈거든요.
근데 다시 생각해 보면 코치님이 자꾸 비빔에게
앞으로 나가라고 하고 저랑 맞추면 된다고 하니까
거기서 또 2차 혼란이 오고ㅋㅋㅋ 그랬던 거 같아요.
아무튼 저의 부족함도 컸다는 생각도 들고 비빔이
말한 것처럼 경기 중에 더 적극적으로 조율해야
되겠다는 생각도 드네요!

잠시 후 다시 비빔의 답장이 도착했다.

저도 이렇게 포지션을 지키며 경기하는 건 처음이라
정신이 없었던 거 같아요. 때때로 확신이 안 들 때도
있었고요. 그래서 생긴 일들이겠지요? 앞으로 조금씩
더 맞춰나가면 되겠지요?! 앞으로도 이야기 많이 해
주세요. 시합할 때는 대부분 정신이 없는 상태라서요.

그럼 잘 쉬고 다음 주에 봐요~~

장문의 문자 네 통으로 대화는 마무리됐다. 나는 또 감격했다. 우리가 이렇게 포지션과 서로의 플레이에 대해 솔직한 이야기를 나눌 수 있다니. 그리고 매주 함께 축구하는 사이라니! 축구가 재밌는 이유가 또 한 가지 생겨났다. 같이 뛰는 친구들을 알아가는 재미다. 성격 나오는 축구 때문에 우리는 같이 뛰던 순간들을 떠올리며 웃을 수 있다.

축구는 정말 이상해

한동안 축구를 하고 집으로 돌아가는 길에 머리를 쥐어뜯고 화가 났다가 실망했다가 온갖 부정적인 감정들이 나를 휩쓸던 시기가 있었다. 그런 나의 모습을 본 코치님이 저녁이면 어김없이 '해원, 전화 가능한가요?'라는 문자와 함께 여러 위로와 응원의 말을 전해주었지만 좀처럼 나아지지 않았다. (코치님은 이제 '슬럼프도 어느 정도 실력이 올라와야 생기는 겁니다'라며 뼈아픈 위로가 아닌 다정한 위로를 해준다.) 빨리 성장하고 싶은 욕심과 급한 내 마음을 쫓아오지 못하는 현실 사이에서 갈등하기 시작했다. 천천히 성장하는 나를 너그럽게 바라봐 줄 것인가, 급격한 성장을 위해 피나는 노력을 할 것인가! 혼자만의 갈림길 사이에서 특별한 진전 없이 방황하고 있던 어느 날. 카톡방에 큰 바람이 불기 시작했다.

> 도 대회 참여하실 분? 있다면 3일 안으로 선수 등록해주세요.

내용인즉 홍성을 대표하는 여자 축구팀에 합류하여 함께 훈련을 하고, 한 달 뒤에 있을 '충청남도 축구협회장배 축구대회'에 출전할 사람을 찾는다는 것. 공지가 올라오고 얼마 지나지 않아 대회 참여 의사를 밝히는 팀원들이 하나둘 속출했다. 두 명에서 세 명, 세 명에서 네 명이 되더니 고민하던 친구들이 연이어 신청하기 시작했고 그렇게 총 여덟 명의 팀원이 선수로 등록했다. 작은 불씨가 바람을 만나 큰 불이 되듯 각자 성장하고 싶은 마음의 불씨가 도 대회 바람에 옮겨붙어 활활 타오른 것이다. 훈련에 열 명만 참여해도 '우리끼리 5:5 축구를 할 수 있는 아주 특별한 날'이라며 좋아하던 작은 시골 축구팀에서 여덟 명이 신청했다는 것은 엄청난 돌풍이 아닐 수 없었다. 홍성'군'을 대표해서 무려 '도' 대회를 나가게 되다니. 내가 사는 주소지를 대표한다는 것만으로도 가슴이 웅장해졌다.

뜨거운 마음으로 참여했던 첫 번째 도 대회 훈련이었다. 그런데 훈련에 다녀온 우리는 어째서인지 '누가 뭐래도 우리 팀이 최고야'와 같은 고백 릴레이가 이어졌다. '우리 팀이 최고고, 축구는 역시 팀플레이고, 우리 팀 사람들 너무 보고 싶고, 소중하고, 어쨌든 같이 있어서 다행이야.' 어떤 날은 좀 과하다 싶을 정도로 소통 중심인 우리 팀 분위기와는 달리 도 대회 준비 팀은 위계질서가 정확하고 다소 경쟁적인 분위기라서 우리는 구석에 옹기종기 모여 방황했다. 게다가 나는 밖에 나가니 병아리 챙기는 엄마 닭이 된 것처럼 평소에는 있지도 않았던 주장으로서의 어떤 책무 같은 것이 느껴지기 시작했다. '이 정도 실력이면 우리가 다 주전으로 나가도 되겠는데?' 같은 생각을 하며 고슴도치 엄마의 심정이 되기도 했다.

닭이 됐다 고슴도치가 됐다 하는 내 마음은 훈련장 밖을 나와서도 계속 이어졌다. 혼란스러워하는 내 마음을 고스란히 민달팽이 코치님에게 내비치고 함께해 달라 도움까지 요청했다.

그렇게 민달팽이 코치님까지 총 아홉 명의 동료들과 함께 한 달간의 긴 여정이 시작되었다. 화, 목 평일 저녁에는 도 대회 훈련을, 주말에는 우리 팀 훈련을 하며 일주일에 총 세 번의 훈련을 나갔다. 평일 훈련을 가기 위해서는 적어도 저녁 7시 반에는 집에서 나가야 하기 때문에 몸도 마음도 몹시 분주하다. 쌓여 있는 집안일을 해결하고, 평소보다 일찍 저녁을 해 둔 뒤 아이들을 씻기고 잠자리까지 마련해 놓은 후 정신없이 집을 나온다. 생각이 많아 행동이 굼뜨고 뭘 해도 늦던 내가 이렇게 분 단위로 시간을 쪼개 계획하고 실천하는 사람이 되다니. 축구를 하며 나도 몰랐던 내 모습에 자꾸 놀라게 된다.

항상 아이들과 함께하던 평소와는 달리 혼자서 고요한 차를 타고 축구를 하러 가는 길은 마치 해방의 터널을 지나는 기분마저 든다. 훈련장에 도착해 두 줄로 서서 운동장을 뛰는 스무 명 남짓한 여자들의 뒤통수를 보면 마음이 벅차다. 흩날리는 머리칼을 보며 '이 사람들도 집 밖으로 나오는 길에 나처럼 해방의 터널을 지나는 기분이었을까?' 생각했다. 그런 생각을 하고 있으니 축구하는 여자들을 볼 수 있는 이 시간이 소중하게 느껴졌다.

　도 대회 훈련은 크게 두 부분으로 진행됐다. 같은 팀 동료들끼리 하는 자체 훈련과 다른 지역 여자 축구팀들과의 매치였다. 특히 외부 팀들과의 매치는 경험이 많지 않은 나에게 신선한 충격이었다. 상대 팀에는 항상 두세 명 이상의 선출(선수 출신) 언니들이 있었다. 선출 언니들의 짧은 머리와 허스키한 목소리는 그것만으로도 포스를 내뿜는다. 그들의 압도적인 포스에 경기를 뛰기도 전에 기가 죽는다. 물론 시합을 하면 더욱더 기가 죽는다. 그들의 시원시원한 플레이와 정확한 킥, 우렁찬 목소리와 거침없는 언어 사용… 그 모습에 반해 우리가 8:0으로 지고 있다는 사실은 중요하지 않았다. 무엇보다 대단했던 것은 그들이 가진 승부욕이었다.

　한번은 격한 움직임으로 자주 부딪치고 있던 선출 언니 두 명이 있었다. 승리를 향한 그들의 집념과 열정에 경기장에 긴장감이 감돌았다. 경기 내내 치열하고 아슬아슬하게 몸싸움을 하고 있다가 한 언니의 안경이 바닥에 떨어졌다. 그 순간 안경이 떨어진 언니가 그 안경을 집어 다시 땅으로 던지며 소리쳤다.

　"아, 씨발! 적당히 해야지!"

안경을 떨어뜨리게 한 언니도 지지 않고 그 언니를 노려봤다. 주변에서 두 사람을 말리고 안경이 떨어진 언니가 교체되어 나가면서 정리가 되었지만 나는 처음 본 그 광경에 심장이 벌렁거렸다. 그 모습에 또 한 번 반하고 만 것이다. 나는 혼자 속으로 외쳤다. '이것이 바로 진정한 승부의 세계!'

우여곡절 끝에 대회는 끝났지만 내 마음의 불씨는 사그라지기는커녕 오히려 더 활활 타올랐다. 개인의 성장과 더불어 내가 알지 못했던 여자 축구의 세계를 경험하고, 계속해서 새로운 세계에 도전하고 싶은 일종의 투쟁 심리 같은 것이 나를 뒤흔들었다. 무엇보다 반반 FC의 이름을 걸고 대회에 나가고 싶은 열망이 끓어올랐다. 같이 뛰지 못한 친구들에 대한 아쉬움과 느리더라도 꾸준히 성장하는 우리 팀에 대한 믿음, 그리고 언더독의 반란을 보여 주고 싶은 전투적 심리. 우리는 돈도 없고 승부욕도 없지만 우리만의 색이 있다는 걸 보여 주고 싶은 마음이랄까.

당장 뭐라도 하고 싶은 조급한 마음에 혼자서 동동거리며 북 치고 장구 치다 결국 코치님을 들볶았다. 코치님은 언제나처럼 세심한 듯 투박하고 투박한 듯 세심하게 나를 위로해 주었다.

"천천히 갑시다. 너무 혼자 짊어지려고 하지 마세요."

그 말에 혼자 앞서가던 마음을 멈춰 세우고 그동안 함께 쌓아 온 시간과 친구들을 떠올렸다. 시간도 속도도 다 제각각이지만 그래도 멈춰 선 적은 없다. 속으로 조용히 마음을 가다듬었다. '우리만의 색으로, 우리만의 속도로.'

축구는 왜 이렇게 재미있는 걸까. 축구가 너무 재미있고 좋아서 오히려 이상한 마음이 든다. 아직 이 마음을 질서 정연하게 설명할 자신은 없지만, 대회를 경험하고 한 가지 느낀 점은 축구는 정말 단순하다는 거다. 이기면 좋고 지면 분하다. 이 단순한 구조가 축구를 좋아하는 마음도 단순하게 만든다. 이기면 좋아서 계속하고, 지면 분해서 다시 한다. 이 굴레 속에서 계속 축구를 하다 보면 실력이 늘어가고, 우정이 생기고, 추억이 쌓이고 그러면 또 신이 나서 계속한다. 그래서 축구에 대한 마음은 항상 상향곡선이다.

《우아하고 호쾌한 여자 축구》의 김혼비 작가가 처음 여자 축구팀에 입단했던 날 그곳의 언니들이 이렇게 말했다고 한다. "첫 반년을 넘긴 사람들은 평생 축구 못

그만둬요. 이거, 기절해요." 이 말의 뜻이 무엇인지 이제
는 정확히 알 것 같다. 나도 이제 평생 축구를 그만두기
는 어려울 것 같다.

우리의 적들은 다정하다

어째서인지 우리의 매치 상대 연령이 자꾸 낮아진다. 매치를 하기 위해서라면 위아래, 앞뒤, 좌우 뭐가 됐든 가리지 않는 우리 팀이지만 아무리 생각해도 이번 매치 상대는 너무 어렸다. 상대 팀 다섯 명 중 어른이 한 명, 어린이가 네 명이었는데 어린이들의 평균 연령이 9.5세였다. 그중 가장 어린 친구의 나이가 여섯 살로 우리 집 막내와 같은 나이다. 이제는 큰아이 친구로도 모자라 여섯 살 난 막내의 친구와도 붙게 된 것이다. 어떤 상대를 만나도 진지하게 임할 자세가 되어 있는 나와 우리 팀이었지만 그래도 이번에는 경기를 시작하기 전부터 헛웃음이 나왔다. 그런 나를 보고 조조가 다가와 사뭇 진지한 표정으로 말했다.

"언니, 생각보다 만만치 않을걸요? 저는 저번에 3학년 친구들하고 뛰어 봤잖아요. 막상 뛰어 보면 장난 아니에요."

물론 여기서 3학년은 초등학교 3학년을 말하는 거다. 지난번 청양 풋살 대회를 나가기 전 몇몇 팀원들이 초등학교 운동장에서 연습하다 3학년 친구들과 3:3으로 연습을 했다는 얘기를 들었는데 우리 팀 세 명 중 한 명이 조조였나 보다.

조조의 말마따나 나의 헛웃음은 경기 시작과 함께 금방 사라졌다. 어떠한 상황에서도 축구를 대하는 마음은 진심이기 때문이다. 냉정하게 말해 진심이 될 수밖에 없는 실력 때문이기도 하다. 이날도 휘슬이 울리기 무섭게 우리는 어느새 평균 연령 9.5세 아이들과 진짜 축구를 하고 있었다.

유아에서 초등학교 저학년 사이의 친구들과 경기를 할 때는 상대 팀 어린이들의 멘탈을 관리해주는 것이 중요하다. 우리는 그동안 낮은 연령의 친구들과 자주 경기를 해온 터라 이제 이 친구들을 울리지 않고 끝까지 경기를 할 수 있는 나름의 노하우가 있었다. 가장 중요한 포인트는 눈물을 흘릴 타이밍을 주지 않는 것이다. "공 못 받는다고 주저앉아 있을 시간 없어! 그럴 시간에 지금 당장 공을 받으러 갈 생각을 해야 하는 거야! 저쪽! 지금 당장 저쪽으로 달려가야 공을 받을 수 있어!" 그러면 아이들은 주저앉아 울려다 말고 손가락이 가리키는 곳으로 달려간다. 그런 어린이들을 보면 상대인 우리도 다시 한번 마음이 진지해진다. 저렇게 열심히 하는 아이들을 위해서라도 우리는 이 경기에 더욱 진지하게 임해야 한다.

　무엇보다 시합이 시작되면 '상대가 누구냐' 보다 더 중요한 것은 '어떻게 승리할 것인가'가 된다. 아무리 내 키의 절반도 안 되는 아이들이 상대 선수라 할지라도 우리는 골을 넣어야 하고, 훈련에서 배운 패스 플레이를 이행해야 하며 이 경기에서 승리해야 한다. 그것이 진지하게 축구를 임하고 있는 우리와 우리 못지않게 진지하게 이 경기에 임하고 있는 상대에 대한 예의이며 스포츠인들이 가져야 할 가장 중요한 기본자세이기 때문이다.

　우리에게 아무리 실력 차이가 나더라도 경기가 시작

우리의 꺽들은 다정하다

되면 최선을 다해야 한다는 것을 뼈저리게 느끼게 해준 것도 어린이들이었다. 반반FC 창단 이후 처음으로 진행됐던 매치 상대는 홍동초등학교 축구부였다. 우리 팀이 창단한 지 6개월 남짓 된 시점이었다. 이제야 팀원들 모두가 축구화와 풋살화를 챙겨 신기 시작했을 때였다. 아직 기본 훈련을 겨우 받고 있는 우리였지만 훈련을 하면서도 마지막에 미니 경기 하는 시간을 가장 기다렸다. 시합에 재미를 붙였기 때문이다. 그런데 하다 보니 자꾸 우리끼리 붙어야 하는 것에 아쉬움이 남았다. 안 그래도 없는 인원을 반으로 겨우 쪼개서 해야 하는 것에 대한 아쉬움도 있었다. 운동장을 반으로 잘라 하는 경기 말고, 전체를 다 쓸 수 있는 큰 경기를 뛰고 싶었다. 우리가 다 같이 한 팀이 되어 경기하는 날을 손꼽아 기다렸다.

그러나 축구도 처음 해볼뿐더러 동네 사람들로만 구성되어 있는 우리 팀 사람들은 다른 축구팀에 대한 정보가 전혀 없었다. 동네에 오래된 남자 축구부인 홍동 FC가 있긴 했지만 그들과 겨루기에는 실력 차이가 너무 컸다. 그러던 중 우리 동네에 있는 홍동초등학교 축구부와 매치가 잡혔다. 홍동초등학교는 우리 집 어린이들이 다니는 학교이기도 해서 낯익은 얼굴이 많았다. 나는 여러 이유로 우리가 당연히 질 거라는 생각은 했지만 은연중에 상대가 초등학생이라는 것에 조금 방심한 면도 없지 않았다. '그래도 우리가 덩치가 있는데, 어른이랑 하는 것보다는 낫지 않을까?' 하고 생각했다. 그런 나의 속사정을 비빔이 알아챈 듯했다.

"요즘 초등학생들 얼마나 무서운데요. 아마 우리 오늘 쫓아가지도 못할걸요?"

방심했던 마음이 다시 비장해졌다.

운동장에는 홍동초 어린이들이 먼저 도착해 있었다. 대부분 5, 6학년의 고학년 친구들이었다. 작은 체구에 옹기종기 모여 있는 어린이 무리는 비빔의 말을 증명이라도 해주려는 듯 시작 전부터 새빨간 유니폼으로 우리를 압도했다. 윗옷과 바지, 심지어 양말까지 빨간색이었다. 온통 빨간 그들의 유니폼에 유일하게 다른 색으로 새겨져 있는 마크 하나가 있었는데, 그것은 바로 태극기였다. 왼쪽 가슴에 새겨진 태극기는 그들이 진짜 국가대표인지와는 상관없이 존재만으로 국가대표처럼 보이게 했고 나에게는 얼핏 혁명 전사 같은 느낌까지 주었다. 그에 비해 우리는 유니폼도 없던 시기였다. 등에 '홍성여성농업인센터'가 적혀 있는 하늘색 망사 조끼가 우리가 팀이라는 것을 알려주는 유일한 수단이었다. 사실 경기를 뛰면서는 확연한 실력 차이 때문에 옷으로 구분하는 것이 필요했을까 싶지만 어쨌든 우리는 상대의 빨강에 압도되어 실력을 겨뤄 보기도 전에 이미 패배한 느낌이 들었다.

경기가 시작되자 나의 방심이 얼마나 부끄러운 생각이었는지 곧바로 느낄 수 있었다. 우리는 결코 잡히지 않는 상대 어린이들을 쫓아다니느라 바빴다. 현란한 드리블로 요리조리 잘 피해 다니는 어린이들을 보며 감탄하다 결코 잡히지 않는 그들의 날랜 몸놀림에 자주 약이 올랐고 비슷하게 따라가지도 못하는 나의 몸에 자주 화가 났다. 어린이들 앞에서 험한 말이 나올 뻔하여 흠칫흠칫 놀란 게 한두 번이 아니었다. 멀리서 중거리 슛으로 뻥뻥 차서 들어가는 골들을 그저 가만히 쳐다볼 수밖에 없었다. '저건 우리도 어쩔 수 없지'라며 쉽게 체념했다. 대여섯 골 이상 들어가니 이제 골이 골 같지가 않았다. '들어간 건 들어간 거고, 우리도 한 골만 넣고 싶다!' 하는 생각에 이리저리 달려들었지만 도저히 불가능한 일이었다.

우리는 한 골도 넣어보지 못하고 경기는 13:0으로 끝났다. 숫자로만 보면 참담한 패배였으나 마음은 개운했다. 오히려 최선을 다해 우리를 상대해 준 어린이들에게 고마웠다. 진정으로 우리를 존중해서였는지 그저 어떻게 해도 잘 들어가는 골에 신이 나서였는지는 모르겠으나 어쨌건 아이들의 태도는 진지했다. 그렇게 골을 많이 넣었으면서도 들어가지 못한 골 하나하나에 아쉬워했고 생각처럼 잘되지 않는 플레이에 화를 냈다. 그런 어린이들의 모습을 보며 수많은 골을 먹고 있는 우리의 태도 역시 진지해졌다. 포기하지 않고 끝까지 최선을 다하고 싶은 마음이 생겨났다. 나는 이 시합으로 경기에 임하는 사람들의 진지한 마음이 서로를 향한 존중이 된다는 것을 알게 되었다. 이런 걸 스포츠 정신이라 하는 건가, 어렴풋 느꼈던 것도 같다.

무엇보다 반반FC가 처음으로 한 팀이 되어 뛰었던 경기였다. 하나의 목표로 같은 목적지를 향해 운동장 위를 달렸다는 것과 앞으로 함께 성장해 나갈 것을 다짐하며 가슴이 뜨거워졌다. 처음으로 동료애를 느낀 순간이었다. 나이가 들수록 어려웠던 사람들과의 관계가 말이 아닌 몸으로 가까워지는 것을 축구로부터 경험하고 있었다.

경기가 끝나고 참담한 결과에 우리가 너무 풀죽어 있을까 염려가 되었는지 홍동초 축구부 코치인 레알이 다가왔다. 레알은 민달팽이 코치님이 훈련을 나오지 못할 때 종종 우리를 지도해 주기도 한다. 민달팽이 코치님이 우유부단함의 대명사라면 레알 코치님은 단호함의 대명사라고 해도 될 만큼 두 사람의 성향이 명확해서 여러 의미로 레알 코치님의 지도를 받는 것도 재밌는 경험이었다. 우리에게 다가온 레알이 물었다.

"오늘 13:0으로 졌으니까 다음 목표는 뭐여야 할까요?"

무엇이든 답이 될 수 있는 민달팽이 코치님과는 달리 언제나 명확한 답이 있는 레알 코치님의 질문에 알맞은 답을 할 자신이 없었던 우리는 기어들어가는 목소리로 답했다.

"승리…?"

레알 코치님은 고개를 저으며 단호하게 답했다.

"아니죠. 앞으로도 저 아이들을 이길 수는 없을 거예요. 그렇지만 이번엔 13:0으로 졌으니 다음엔 12:0으로 지고, 그다음엔 11:0, 10:0 이런 식으로 격차를 줄여

가는 거죠. 그러다 한 골 들어가면 훌륭한 거고요.”

나는 이마를 탁 쳤다. ‘과연!’

그날부터 우리의 다음 목표는 승리가 아닌 한 골이 되었다. 레알 코치님은 골이 먹히는 것을 줄이라고 했지만 그것이 아무리 명확한 답이라 할지라도 우리의 공격 본능을 막을 수는 없었다. 특히 이번 경기를 통해 우리가 골을 먹히는 것보다 골을 못 넣는 것에 더 괴로워한다는 사실을 알게 되었다. 막는 것보다 치고 나가는 것에 더 마음이 움직이는 것이다. 열 골이 먹혀도, 스무 골이 먹혀도 한 골만 상대의 골망에 넣어 보자는 것에 마음을 모았다. 그렇게 우리는 언젠가 찾아 올 한 골을 위해 함께 성장할 것을 다짐했다.

홍동초와 첫 경기를 치른 지도 3년이 지났다. 몇 개월 전 홍동초와의 매치에서 우리는 7:3으로 졌다. 골을 막기도 하고 넣기도 한 것이다. 특히나 ‘한 골만!’을 외치던 우리가 세 골이나 넣었다는 것은 엄청난 쾌거가 아닐 수 없었다. 경기가 끝나고 우리는 그동안의 성장을 축하하며 마음이 몹시 들떴다. 졌지만 행복한 우리와는 달리 이겼지만 비통해 보이는 어린이들을 보며 얄미움과 부끄러움이 동시에 느껴졌으나 그래도 그날만큼은 승리와 버금가는 기쁨을 누리기로 했다. 기뻐하는 우리 곁으로 레알 코치님이 다가왔다. 나는 레알 코치님이 입을 열기도 전에 말했다.

"오늘은 승리에 버금가는 기쁨을 누려야 하니까 칭찬만 해주세요!"

레알 코치님이 웃으며 말했다.

"아이, 그럼요. 일단 골을 넣었다는 것이 진짜!"

그리고는 엄지를 치켜들어 주었다. 틈틈이 우리의 성장을 도와주고 지켜봐 주고 응원해 주고 질타도 해주었던 레알 코치님이 세운 엄지를 보니 마음이 더욱 뿌듯했다.

우리를 이겨 놓고도 비통해 하던 홍동초 어린이들은 우리와는 달리 급격한 성장 속도로 승승장구하고 있다. 최근에는 홍성군에서 열린 초등학교 축구 대회에 나가서 준우승을 두 번이나 했다. 나는 종종 우리 집 어린이들을 데리러 홍동초에 갔다가 축구부 친구들과 마주친다. 처음 매치를 하고 난 뒤에는 운동장 밖에서 만나는 것이 어색하고 민망했는데 몇 번 더 매치를 하고 나니 이제는 좀 반갑다. 왠지 어린이들도 그런 눈치다. 그렇다고 대놓고 반가운 인사를 나누는 것은 아니지만 서로

눈이 마주치면 슬며시 웃는다.

　오랜만에 잡힌 홍동초 축구부 친구들과의 매치가 얼마 남지 않았던 때였다. 학교에서 축구부 친구들과 마주친 나는 괜히 아는 척을 하고 싶어 비장한 표정으로 물었다.

　"어이 친구들, 너네 이번 주에 우리랑 붙는 거 알지?"

　어린이들은 그런 내 모습이 가소롭다는 듯 웃으며 말했다.

　"저희 골 엄청 많이 넣을 거예요."

　나 또한 가소롭다는 듯 되받아 쳤다.

　"우리는 너네가 골을 얼마나 넣는지는 상관없어. 우리가 넣는 게 더 중요하거든."

　그러고는 아무 일 없었다는 듯 제 갈 길을 가는 우리의 모습에서 나는 〈슬램덩크〉에서 강백호와 서태웅이 격렬하게 손뼉을 마주치고는 무심히 돌아서는 모습을 떠올렸다.

　홍동초 축구부 친구들과의 매치가 아쉽게 날씨 때문에 취소되고 얼마 지나지 않아 반반FC 훈련을 하는데 문득 이런 생각이 들었다. 마침 나와 마주 보고 공을 차던 비빔에게 물었다.

"초등학교 친구들은 6학년이 되면 졸업하고 계속 새로운 친구들이 들어오지만 우리는 계속 그대로니까 언젠가 이길 수 있는 날이 오지 않을까요?"

비빔이 답했다.

"우리랑 붙을 초등학교 친구들은 계속 나이가 같은데 우리는 계속 나이가 들어가니까 이기기는 더 어려워지겠죠."

자신의 성격만큼 너무나도 현실적인 비빔의 대답에 고개를 끄덕일 수밖에 없었다.

아이들은 어른이 되어가고 우리는 나이가 들어간다. 처음 홍동초 어린이들과 매치를 할 때만 해도 저학년이었던 아이들이 이제는 고학년이 되어 나의 축구 상대가 되었다. 어린이집에서 녀석들과 같이 숲놀이를 하며 뛰어놀던 때가 엊그제 같은데 어느덧 진지하게 맞붙는 상대로 만나니 감회가 새로웠다. 며칠 전 우리와 함께 뛰었던 6세 어린이도 쑥쑥 자라날 것이고, 우리를 13:0으로 이겼던 초등학생 친구들도 언제가 어른이 되어 우리 앞에 나타날 것이다.

마을이 아이를 키우고, 아이들이 반반FC를 키우고, 반반FC의 팀원들은 집으로 돌아가 아이들을 키운다.

서로가 서로를 키우는 순환 고리 안에서 우리는 함께 성장하고 있다. 아이들은 자라나고 우리는 늙어가고 그럼에도 같이 축구하는 이 관계는 얼마나 다정한가. 매번 새로워진 모습으로 우리 앞에 나타날 다정한 적들을 생각하면 저절로 웃음이 난다.

적도 속이고 팀도 속이는
최악의 작전

반반FC의 탄생 후 첫 매치라는 말에 남편과 아이들이 처음으로 구경을 왔다. 자신의 성격처럼 구경도 신중하고 예리하게 하던 남편은 집으로 돌아와 나에게 이렇게 말했다.

"왜 당신 혼자 프리미어리그를 뛰려고 해?"

아무도 나를 보지 않는데 자꾸 손만 번쩍번쩍 들고 공을 받을 수 있는 상황이 아닌데 나 혼자 이상한 움직임을 하느라 바빠 보였다고 했다. 뭔가를 흉내 내고 있는 사람인 것은 분명해 보이는데 도무지 무엇을 흉내 내고 있는지 알 수 없었다는 말도 덧붙였다.

프리미어리그 애청자이자 멋있는 건 흉내부터 내고 보는 나는 축구를 하면서도 따라 하고 싶은 것이 너무 많았다. 그런데 또 한편 그런 내가 창피해서 대체로 혼자만의 상상 축구를 했다. 그날도 어김없이 나는 혼자 머릿속으로 이런저런 상상을 하며 스스로에게 작전 지시를 내렸다.

　작전 1, 상대 팀 뒤에 가서 소리를 내지 않고 손을 들기. 이 작전의 가장 큰 목표는 나의 움직임을 상대팀이 알 수 없게 하는 것이다. 나는 이 작전을 완벽히 수행하기 위해 상대 선수 뒤에 몰래 숨어들어 손을 높이 들고 팔을 휘저으며 소리 없는 아우성을 쳤다. 겉으로 보면 팔만 휘젓고 있는 모습이었지만 나는 속으로 이렇게 외치고 있었다. '여기 좀 봐줘! 상대가 나를 못 보고 있는 지금이 기회야! 여기로 공을 보내!' 그러나 이 작전은 안타깝게도 상대뿐 아니라 우리 팀 동료들까지 속이게 되면서 실패로 돌아갔다. 그런 나를 보며 팀원들은 이렇게 소리쳤다. "해원, 우리가 같은 팀이라는 것을 잊어서는 안 돼!" 나는 고개를 끄덕이며 두 번째 작전에 돌입했다.

　작전 2, 민첩한 움직임으로 수비수 주변에서 정신없

적도 쉭이고 팀도 쉭이는 최악의 작전

게 하기. 결론부터 말하자면 이 작전 역시 실패다. 이 움직임의 목표는 상대를 속이는 것과 동시에 상대의 체력을 빼앗는 것이었는데 상대보다 내 체력이 먼저 바닥나 버렸기 때문이다. 심지어 민첩이라고 하기에 내 움직임은 흐물거림에 가까웠고 나는 자주 내 발에 걸려 넘어졌다. 결국 상대를 속이기 위해 세웠던 나의 작전은 같은 팀 동료를 속이거나 나 스스로를 속이며 비극적으로 마무리되었다.

이후 몇 년이 지난 지금은 '무엇을 하는지도 모르고 흉내 내는 사람'에서 '무엇을 하는지는 알고 흉내 내는 사람' 정도로는 발전한 것 같다. 이 변화를 통해 가장 먼저 깨달은 것은 누군가를 속이겠다는 마음가짐 자체를 없애야 한다는 것이다. 그보다는 함께 하는 동료들과 합을 맞추는 것, 그러니까 소리 없이 손만 흔들 게 아니라 동료를 향해 '헤이!'라고 명확하게 외치는 게 더 중요하다는 것을 알게 되었다. 그 깨달음을 얻은 이후부터 혼자만의 작전을 짜는 일은 많이 줄었으나 나만의 상상 축구는 여전하여 또 다른 문제를 만들어 내기 시작했다. 자꾸만 동료들이 받을 수 없는 곳으로 공을 보내는 것이다. 정확히 말하자면 동료의 진행 방향보다

한 발 더 앞으로 공을 보낸다. 그래서 내가 보낸 공이 열심히 뛰는 동료들 발에 닿지 못하고 자꾸만 터치라인 밖으로 나가버린다. 인정 많은 우리 팀 동료들은 그렇게 앞서가는 공을 쫓다 허탈해 하다가도 뒤돌아 애써 웃으며 나에게 말한다.

"그래도 방향성은 좋아!"

이 상황은 주로 미드필더를 뛰는 나와 윙 포워드를 뛰는 봄봄 사이에서 자주 일어난다. 하도 자주 있는 일이라서 그런지 봄봄은 이제 나에게 이렇게 말한다.

"해원의 마음이 뭔지는 알겠어! 그렇지만 내가 그렇게까지 빠르지는 않아."

얼마 전 축구 글쓰기 모임에서 '같이 축구하는 친구들'에 대한 주제로 글을 썼는데 봄봄이 나에 대해 이렇게 썼다.

주장인 해원은 축구할 때 때로는 먼 시선을 가지고 공을 차주는 앞선 사람이다. 해원의 공을 받기 위해서는 해원처럼 앞선 생각을 해야 하는데 그것이 어려워 공이 선을 넘어간 적이 많다. (…) 축구 스타일로 삶의 스타일을 추측하는 것이 재밌는데

적도 쉭이고 팀도 쉭이는 최악의 막전

아마도 해원은 하고 싶은 것이 많고, 그만큼 해보려는 사람이 아닐까? 그래서 때때로 일을 추진해 가며 앞서 가지만 그로 인해 힘들 때도 있을 것 같다.

생각해 보면 봄봄의 말처럼 자꾸만 앞서가는 나의 축구 공은 내 삶의 모습과도 닮은 것 같다. 앞서가는 내 공과 마음이 '먼 시선을 가진 자'의 방향성을 가지고 있다면 참 좋을 텐데, 현실은 오히려 너무 코앞만 보는 데다 마음만 저만치 멀리 가 있다는 것이 문제다. 그래서 자꾸 만 타이밍을 못 맞춘다. 내 공과 마음은 왜 이렇게 항상 앞서가기만 하는 걸까. 축구에서도, 내 삶에서도 정확 한 타이밍을 맞추기 위해 그 이유에 대해 생각해 본다.

우선 나에게는 혼자 생각하고 판단하는 습관이 있다. 나는 패스를 하기 전 혼자 이런 판단과 상상을 한다. '우 리가 이기기 위해서는 빠른 공격 전개를 해야 하고, 그 러려면 원터치 패스로 빈 공간에 공을 보내야 해!' 마 음만 앞선 나는 상황 파악 없이 무작정 내가 생각하는 곳에 우리 팀원이 있을 거라 생각하거나 팀원 중 누군 가가 그 공을 따라갈 수 있을 거라 생각하며 공을 무작 정 앞으로 보낸다. 그러나 공이 터치라인 밖으로 나가거나 상대편 선수 발에 도착한 순간, 그 공을 보고 허탈해 하는 친구들의 뒷모습을 보게 된 순간, 그럼에도 괜찮다며 쓴웃음을 짓는 친구들의 얼굴을 본 순간, 그제야 나는 상상과 현실 사이의 커다란 차이를 인식하고 부끄러워 진다.

또 한 가지 이유는 내가 지금 축구에 지나치게 몰입해 있다는 거다. 이런 나의 과몰입 현상은 내 삶의 거의 모든 부분에서 나타나는 증상인데 축구를 하며 생기는 과몰입의 특이점은 나를 너무 과대평가하게 된다는 거다. 고작 일주일에 한 번 연습하면서 프리미어리거들을 흉내라도 낼 수 있을 거라 생각한다. 운동장 밖에서야 이런 내 모습을 반성하며 이렇게 코웃음 치지만 경기장 안에서는 진심이 된다. 그래도 그런 모습을 들키는 것이 부끄럽다는 것 정도의 염치는 있어서 혼자 생각하고 혼자 움직인다. 이런 내 모습을 나만 알고 있다 생각하면 덜 창피하기 때문이다.

결국, 혼자 생각하고 결론짓는 습관에서 문제가 시작된다. 실수가 두려워서 앞으로 일어날 일에 대해 자꾸 미리 생각해 두려 한다. 심지어 내가 실수를 두려워 한다는 것을 들키고 싶지 않아서 대부분 혼자 생각하고,

계획하고, 판단한다.

　나는 그동안 실수에 벌벌 떨며 살았다. 내가 틀릴까 봐, 내가 잘하는 사람이 아닐까 봐. 무엇보다 내가 더 좋아하는 마음을 들켜서 결국엔 상처 받을까 봐. 그러나 축구를 하면서는 매번 실수와 실패의 연속이었다. 숨기고 싶어도 도무지 숨길 수가 없었다. 죽이 되든 밥이 되든 뛰어야 했기 때문이다. 경기가 끝나면 부끄러움에 머리를 쥐어뜯고 발차기 손차기 다 하면서도 다시 운동장으로 나갔다.

　그렇게 운동장에 나가 계속 실수하며 숨기려고 했던 내 모습을 들켜 보니 이제는 창피하기보단 웃기다. 같이 뛰던 친구들도 그런 내 모습을 보며 웃는다. 우리 팀 부주장 조조는 어느 순간부터 이런 나의 성격을 눈치채더니 이제는 자기가 먼저 나를 보며 웃고 있다. 함께 웃다 보니 큰일 날 것 같은 일들도 그저 작은 추억거리가 되었다. 함께 웃고 함께 실패하다 보니 실수가 부끄럽지 않을 수 있는 방법을 알게 되었다. 함께 실패하는 거다. 혼자 시도하다 실패하면 상처가 되지만 같이 시도하다 실패하면 추억이 된다.

　내 공은 앞으로도 꽤 오래 앞서 나갈 것이다. 그럴 때마다 나는 여전히 부끄럽고 좌절하고 후회할 것이다. 그렇지만 이제 지레 겁먹지는 않을 것 같다. '그래도 방향성은 좋아!'라고 외치며 끝까지 달려가 주는 동료들과 매번 실패를 경험하다 보면 언젠가 내가 보낸 공이 동료들의 발에 닿는 순간이 반드시 올 것이기 때문이다. 나는 그 무수한 실패의 추억을 쌓기 위해 머리를 뜯으면서도 축구를 하러 간다.

나는 누구, 여긴 어디?

민달팽이 코치님은 원래 우리를 올라운드 플레이어로 만들려는 원대한 계획을 품고 있었다. 그래서 첫 시합부터 몇 번의 경기 동안은 우리를 여러 포지션에서 뛰게 했다. 그 계획의 목적은 좋았으나 안타깝게도 현실성이 없었다. 오히려 축구를 시작한 지 얼마 되지 않은 우리에게 큰 혼란만 주었다. 그때 우리는 아직 각자의 주 포지션이 없을뿐더러 축구에 어떤 포지션이 있는지도 잘 알지 못했다. 한 경기에 한 가지 포지션만 맡아도 정신이 없는데 매 쿼터마다 포지션이 달라지니 '나는 누구, 여긴 어디?'라는 말이 절로 나왔다. 지금 내가 어디에 있고, 무엇을 해야 하며, 뭘 하고 있는지 전혀 알 수 없는 혼돈의 카오스가 따로 없었다.

경기장 밖에 있는 사람들은 하나같이 이렇게 소리쳤다. "공만 쫓아다니지 말라고!" 그러나 포지셔닝이 제대로 되지 않는 우리가 할 수 있는 것은 운동장 안에서 공을 쫓아 열심히 뛰는 일밖에 없었다. 그러다 보면 체력은 체력대로 고갈되고 같은 팀끼리 몰려다니는 바람에 자꾸만 상대에게 빈 공간을 만들어 준다. 상대는 그 빈 공간을 이용해 우리를 쉽게 제치고 우리는 다시 속수무책 당하거나 끌려 따라다닐 수밖에 없다. 그야말로 악순환의 반복이다. 나는 뛰면서 계속 '정신 차리자'와 '뭐가 문제지?'를 번갈아가며 중얼거렸다.

다른 팀원들도 나와 상황이 크게 다르진 않은 것 같았다. 시합이 끝나자 코치님을 향한 원성이 높아졌다. "코치님! 자리가 자꾸 바뀌니까 정신이 하나도 없어요! 도대체 내가 뭘 하고 있는 건지 뭘 해야 할지 모르겠다구요!" 총체적 난국 속에서 코치님의 원대한 계획은 조금씩 수그러들었다. 코치님은 각자에게 맞는 포지션이 무엇인지 찾는 쪽으로 훈련 방향을 잡아갔다. 코치님의 수첩이 바빠졌다.

민달팽이 코치님에게는 애착 수첩이 있다. 어린아이들이 엄마 대신 들고 다니는 인형이나 담요처럼 코치님의 손과 안주머니에는 항상 손바닥만 한 검은색 수첩이 있다. 코치님이 항상 지니고 다니면서 코치님의 화법처럼 언제나 특이한 타이밍에 수첩을 펼쳐 봐서 팀원들은 자주 '저 안에는 도대체 뭐가 적혀 있을까?' 궁금해했다. 수첩이 가장 빛을 발하는 날은 시합이 있는 날이었다. 코치님은 수첩에 적은 내용을 바탕으로 대회나 훈련이 있기 전날 단톡방에 이런 내용을 올리곤 했다.

0. 머리말

반반FC 대회 첫 출전! 다양한 기대와 설렘이
공존하는 가운데 과정은 진하게 결과는 옅게
새기면서 대회가 끝났을 때 많은 것들이
수확되기를 희망합니다.

1. 목표

첫 골! 첫 승! 그다음은…

2. 개인 역할 주문(구체적인 주문은 현장에서)

*골키퍼 백업 멤버-조조, 비빔

조조-돌파, 크로스, 오른발 슈팅

해원-저돌적인 플레이(중거리 슈팅, 공격 지역에서

드리블), 많은 활동량

뻔뻔-수비라인 조율, 공격과 수비 간격 조율

비빔-최종 수비 역할, 커트, 롱패스

은근-공격 작업(연결), 세컨볼 슈팅

봄봄-공격적인 움직임(세컨볼 슈팅, 공간 침투, 슈팅),

많은 활동량

노지-골키퍼 룰 인지하기, 다른 포지션 하기

3. 마무리-대회는 서포터, 스태프, 선수, 코치 이

모두가 함께하는 것이다.

그리고 시합 당일에는 당당하게 수첩을 펼쳐 전날 공지한 내용을 바탕으로 그날의 선수 명단과 각자의 포지션을 발표했다. 그때만큼은 애매한 타이밍이 아닌 아주 정확한 타이밍이었다. 그렇게 서게 된 자리에서는 적어도 뭘 해야 하는지는 알 수 있었다. (물론 아는 것과 실제로 그렇게 될 수 있는 것은 별개의 문제다.) 무엇보다 밖에서 사람들이 끊임없이 말했던 '공만 쫓지 않을 수 있는 방법'에 대해 조금씩 알게 되었다는 것이 가장 큰 발전이었다.

나는 주로 미드필더 자리에 섰다. 나는 이 자리가 좋았다. 축구를 하면서 골을 넣는 것만큼 좋은 패스를 찔러 주는 것에 얼마나 큰 희열이 있는지 알게 되어서다. 미드필더의 역할은 간단히 말해 중앙에서 수비와 공격을 지원하고 서로 이어주는 포지션이다. 특히 중요한 역할은 중앙 지역을 잘 지켜주는 것이다. 미드필더인 나에게 코치님이 자주 했던 말은 "해원, 버텨야 돼요!"였다. 중앙에서 공을 빼앗기면 곧바로 상대에게 공격 찬스가 만들어지기 때문이다. 그렇게 몇 번 뛰어 보니 미드필더에게는 중앙을 지키기 위해 내 영역 이상을 벗어나지 않는 것, 버티기 위한 엉덩이 힘, 다른 영역에 있는 우리 팀원을 향한 온전한 신뢰가 필요하다는 것을 알게 되었다.

특히 어떻게든 혼자 해결하겠다는 생각을 버려야 한다는 것이 가장 큰 깨달음이었다. 그라운드 위 11명의 선수들은 하나의 유기체와 같다. 모두 한 덩어리처럼 움직여야 한다. 일정한 간격을 유지해야 하고 그 간격을 유지하기 위해 각자의 영역에서 서로의 역할을 다해줄 것이라는 믿음이 있어야 한다. 혼자 최선을 다하는 것과 팀을 위해 최선을 다하는 것의 다름을 아는 것.

이것이 공만 쫓는 사람이 될 건지, 공을 잘 지키는 사람이 될 건지의 차이를 만든다.

그동안 나는 운동장에서도 내 삶에서도 누군가의 도움 없이 그저 나 혼자 열심히 하는 것이 최선이라고 생각했다. 그러다 보니 마음 한구석에는 어떤 상황에서도 혼자 해결하겠다는 집념 같은 것이 자리하고 있었다. 그러나 축구도 세상도 혼자서는 아무것도 할 수 없다는 것을 이제는 안다.《새로운 언어를 위해서 쓴다》(정희진, 교양인)에는 이런 말이 나온다.

> "나의 위치에서 생각한다" 이 말은 '네 주제(능력, 형편, 조건...)를 파악하라'거나 '너 자신을 알라'는 의미가 아니다. 인간은 사회적 관계 속에서만 정의될 수 있는 존재다. 그러므로 나의 위치에서 생각한다는 건 성별, 계급, 인종, 지역 등이 교차하며 발생하는 사회적 모순 속에서 내가 '어디에' 있는가를 아는 것이다."

이 글을 보고 나는 운동장 위에서 방황하는 나와 생의

한 가운데에서 방황하는 나를 함께 떠올렸다. 운동장에서처럼 우리의 삶도 정확한 내 위치를 아는 것이 중요하다고 생각했다. 나는 더 이상 헷갈리고 싶지 않다. 내가 뛰어야 하는 곳이 어디인지, 내가 지켜야 하는 곳이 어디인지, 어떤 사람들과 함께 뛰어야 할지를 정확히 알아야 힘껏 나아갈 수 있다. 그렇게 달리다 보면 언젠가 나도 올라운드 플레이어가 될 수 있는 날이 오지 않을까.

축구인의 단골 가게

축구를 하며 생긴 이상한 습관이 하나 있는데, 그것은 친해지고 싶은 사람이나 호감이 있는 사람에게 자꾸 내가 축구하는 사실을 은근슬쩍 자랑하게 된다는 거다.

내가 자주 가는 빵집인 '베이직 브레드'의 자매 사장님들에게도 그랬다. 어느 날 훈련이 끝나고 유니폼을 입은 상태로 빵집을 가게 되었다. (일부러 그런 것은 절대 아니다.) 유니폼을 보고는 동생 사장님이 동그란 눈을 더욱 동그랗게 뜨며 나에게 물었다.

"축구하세요? 너무 멋지네요!"

나는 쑥스러우면서도 뿌듯하여 묻지도 않은 것까지

구구절절 설명했다. 하필이면 그때가 도 대회 출전이 얼마 남지 않았던 때여서 나는 이것저것 자랑하고 싶은 게 많았다.

"아, 별건 아니구… 축구 한 지 2년쯤 됐어요. 조만간 도 대회도 나가요. 제 동생은 골키퍼구요."

동생 사장님은 두 주먹을 불끈 쥐고 연신 파이팅을 외쳐 주었다.

"우와! 진짜요? 정말 대단하네요! 파이팅입니다! 파이팅, 파이팅!"

뿌듯하고 기쁜 마음에 나도 함께 연신 파이팅을 외치다 헤어지려는데 동생 사장님은 나에게 다시 한번 힘내라며 소금빵까지 선물로 주었다. (다시 한번 말하지만 나는 이런 것 때문에 이 빵집을 더 좋아하고 더 사랑하고 그런 사람이 절대 아니다.) 그때 이후로 동생 사장님은 종종 나의 축구 안부를 물어주곤 한다. 그러면 나는 여전한 나의 축구 열정과 함께 또 묻지도 않은 소식을 전하며 귀여운 파이팅을 주고받는다.

'세움 미용실'은 우리 팀 골키퍼이자 내 동생인 노지의 추천으로 처음 가게 되었다. 머리하는 데 걸리는 시간이나 비용이 합리적이고, 과하지도 덜하지도 않은 딱 적당한 스타일로 만들어주는 사장님의 안목이 마음에 들어서 우리 집 모든 사람의 헤어스타일을 맡기게 되었다. 그러다 보니 서로 이런저런 소식을 주고받는 일이 많아졌다. "얼마 전에 동생 왔다 갔는데. 곧 이사 간다면서요?" "남편분은 살 좀 찌셔야겠더라"와 같은 가족들의 안부부터 "그 집 애들은 요즘도 머리 자르기 싫어해요? 그 나이 때 원래 다 그래요"로 시작하는 육아 이야기까지 다양하다. 작은 미용실이기도 하고 머리하는 시간이 오래 걸려 이야기를 많이 할 수밖에 없다. 심지어 같이 일하는 미용사 언니의 친언니가 왕년에 핸드볼 키퍼 출신이라는 이야기를 듣고 흥분하여 적극 영입을 추진하였으나 실패한 일도 있었다. 그런 친분이 쌓여가니 나는 이 언니들에게도 매번 축구 얘기를 하고 싶어 입이 근질거렸다.

게다가 나처럼 시간 제약이 많고 흘러내리는 머리가 귀찮아서 항상 질끈 묶고 지내는 사람이 헤어스타일에 변화를 준다는 것은 아주 특별한 일이 생길 예정이라는 뜻이다. 나에게 아주 특별했던 도 대회 출전이 얼마 남기지 않은 시점에도 미용실을 찾았다. 생에 첫 대회인데 이왕이면 잘 정돈된 머리로 나가고 싶었기 때문이다. 그때 나는 도 대회에 나가는 것이 너무 자랑스러웠으므로 여기저기에 자랑을 많이 하고 다녔고, 세움 미용실 언니도 예외일 수 없었다. 평소처럼 이런저런 이야기를 주고받다 도 대회 출전 소식을 은근슬쩍 흘렸다. 세움 미용실 언니도 베이직 브레드 빵집 사장님처럼 놀라면서 멋지다고 응원해 주었다.

이후 가장 최근에 미용실에 다녀온 날은 이 책의 출간 계약을 하기 위해 처음으로 출판사 편집자님을 만나기로 한 지 얼마 안 됐을 때였다. 오랜만에 서울 나들이이기도 했고 생애 첫 출판 계약인데 이날 역시 단정한 모습으로 담당 편집자님을 만나고 싶어 미용실을 찾아갔다. 세움 미용실 언니는 나를 보고 가장 먼저 이렇게 물었다.

"아직도 축구 열심히 하고 있어요?"

그동안 나를 만나면 아이들이나 가족들 안부부터 묻던 미용사 언니가 축구에 대한 안부를 먼저 물어주니 기분이 좋았다. 이제 나를 애 엄마에서 축구인으로 보기 시작한 것인가, 하는 생각에 괜히 뿌듯했다.

단골 카페인 '카페로그' 사장님은 내가 축구하는 것을 아직 모른다. 어딜 가나 조금만 친해졌다 싶으면 내가 축구하는 얘기(혹은 영입을 위한 팀 홍보)를 늘어놓는 나인데, 이곳에서 커피 쿠폰을 그렇게 많이 찍는 동안 축구 얘기를 한 번도 하지 않았다는 사실이 놀랍다. 내가 항상 이곳에서 축구에 대한 글을 쓰거나 역시나 단골인 노지와 축구 얘기를 하다 보니 나도 모르게 사장님이 내가 축구를 한다는 사실을 알고 있고, 또 사장님으로부터 응원 받고 있다고 착각을 했나 보다.

아마 그렇게 느낀 이유는 카페로그 사장님의 '적당한 왕친절' 때문일 것이다. 카페로그 사장님은 절대 선을 넘는 법이 없다. 내가 카페에 들어서면 항상 눈으로 반가운 인사를 해주면서도 요즘 자주 온다거나 그동안 왜 자주 안 왔었냐 거나 요즘은 왜 이렇게 일찍 오냐거나, 또 요즘은 어떻게 저녁에 오냐는 등의 질문을 하지 않는다. 사장님의 그런 행동이 나에게는 냉정함이나 차가움보다는 세심한 배려이자 다정한 친절로 느껴졌다. 나보다 더 자주 이곳에 방문하는 노지는 이런 사장님의 모습을 '적당한 왕친절'이라고 했다. 주접 떨기가 특기인 나는 사장님의 그런 모습을 본받아 '적당한 왕주접'이 되어야겠다고 생각했다. 그러다보니 적어도 이곳에서는 자연스레 축구 이야기를 잘 하지 않게 되었다. 내가 가장 많은 주접을 떨 때가 축구 이야기를 할 때이기 때문이다.

최근에 작업할 게 많아 일주일을 연달아 카페로그에 간 적이 있다. 그때도 사장님은 나에게 특별한 질문을 하지 않으셨는데, 거의 오픈런 수준으로 카페를 찾은 게 조금 민망하기도 하고 괜히 마지막 인사 같은 것이 하고 싶어서 작은 빵 하나를 선물로 건넸다. 그때 처음 사장님과 대화다운 대화를 나누게 되었는데, 그때도 나는 자꾸 입 밖으로 축구 얘기가 나오려는 것을 겨우 참고 있었다.

"저 당분간 못 올 것 같아요. 그동안 너무 문 열자마자 와서 죄송했어요."

"죄송하긴요! 제가 감사하죠."

말문을 튼 김에 사장님과 나는 그간 궁금했던 이야기를 간단히 주고받았다.

"평소 같이 오시던 분은 동생이신가요?"

"네, 친동생이에요."(제가 나가는 축구 팀 골키퍼이기도 하구요.)

"아, 그렇구나. 같은 동네 살아서 좋겠어요. 저는 누나가 한 명 있는데…"

"오, 그렇군요!"(어디 사시죠? 홍성 사시면 저희 팀을 소개 해 주고 싶군요.)

"지역이 달라서 자주 못 보거든요. 같은 지역에 사니까 좋겠어요."(저런. 영입할 수 없어 너무 안타깝습니다.)

"네, 엄청 좋았는데 곧 이사 가요."(저희 팀에 유일한 전담 키퍼였는데 이사를 가는 바람에 전력 손실이 크답니다.)

사장님의 간단한 물음에 나는 또 구구절절 묻지도 않은 것들을 설명하다가 괄호 속 이야기들이 입 밖으로 튀어 나올까봐 적당히 이야기를 마무리하고 재빨리 자리로 돌아왔다.

이렇게 단골 가게 사장님들을 떠올리다 보니 그들에게 내가 축구하는 것을 자랑하고 싶어 한다는 것 말고도 공통점 한 가지를 더 알게 되었다. 사장님들의 밝은 미소다. 이 미소가 어쩌면 내가 단골이 될 수 있었던 또 하나의 이유일 수도 있겠다. 다음 방문에는 사장님들과 어떤 인사를 나누게 될까. 무엇이 되었든 우리는 분명 밝게 웃고 있을 것이다. 사장님들의 가게도, 축구인으로서의 내 마음도 지금처럼 같은 곳에 오래오래 머물러 있으면 좋겠다.

하프타임

우리의 축구에 대하여

한여름의 더위를 피해 조기 축구를 하던 때였다. 그날은 아침부터 유독 더운 날이었는데, 훈련 중 팀원 한 명이 어지럼증을 호소하여 그늘로 피신해 다 같이 수박을 먹었다. 옆에서 한 팀원이 "친구들은 축구 경험이 많은가 봐요. 나는 축구하는 게 태어나서 처음이라 따라가기가 쉽지 않네"라고 말했다. 자신과 비슷한 또래 언니들이 더 들어와 40대의 몸으로 축구를 한다는 것에 대해 이야기를 많이 나눌 수 있으면 좋겠다는 이야기도 함께 했다.

그 말이 도화선이 되어 이곳저곳에서 그동안 겪어 온

축구 경험담들이 쏟아져 나왔다. 남자들이 축구를 할 때 여자들은 옆에서 피구만 했다, 축구를 보는 것은 좋아 했으나 뛰어 보는 것은 생각조차 안 해봤다, 짝 축구를 했는데 끌려다니는 신세가 되어 굴욕적이었다, 축구를 뛰고 싶었는데 여자라서 뛰지 못해 울었다는 이야기까지. 대부분 자의, 혹은 타의로 지금 같은 정식 축구를 해보지 못했고 배울 기회조차 없었다는 이야기였다.

와르르 쏟아져 나오는 이야기들을 들으며 더 다양한 이야기가 궁금해졌다. 우리는 그동안 여성의 몸으로 어떤 축구를 만나 왔으며 무슨 이유로 이렇게 핑 도는 더위를 견뎌가면서까지 축구를 사랑하게 되었는가. 매주 함께 달리며 느끼는 각자의 경험들이 궁금하다.

1. 축구의 매력이 뭐라고 생각 하시나요?

노지-

다 같이 힘을 주어 소리치며 소통하는 것이 매력적이고, 서로의 발그레한 볼을 보며 웃음 짓는 순간이 참 좋습니다.

조조-

축구를 하고 있으면 내 안에 숨어 있던 야성이 나와요.
경기장에서 "우와악!" "파이팅!" 하고 소리칠
때 희열이 있어요. 1~2주 안 하면 이제는 마음이
답답해요. 팀 스포츠! 공을 통해서 연결, 또 연결되는
스포츠라는 점. 땀을 쭉 빼고 냄새나고 뜨거운 몸들이
붙어서 파이팅을 외치는 순간이 특히 매력적이에요.
둥근 공이 발에서 발로 이동하며 목표 지점까지
굴러가는 과정도 좋아요.

양양-

몸의 감각, 사고력, 판단력 등 다양한 능력을
요하면서도 각자의 성향, 강점에 따라 역할을 선택할
수 있다는 것이 매력적이에요. 개인적으론 '해야만
한다'는 생각 없이 스스로 뛰고 있다는 것 자체가
놀랍네요.

2. 반반FC에 입단하게 된 계기가 궁금해요.

조조-

항상 축구를 마음속에 품고 살았는데 마침 민달팽이
코치님이 잎밴드에 올린 모집글을 보게 됐고 냉큼
신청했어요. 멋진 유니폼을 갖고 싶었어요.

봄봄-

함께 하는 운동을 해보고 싶었고 축구를 제대로 배워
볼 기회가 없어서 배워 보고 싶었어요. 운동을 통해
친구들과 관계 맺는 것이 즐거울 것 같았습니다.

은근-

한창 〈골때녀(골 때리는 그녀들)〉와 런던올림픽 여자
배구 경기를 챙겨보며 팀 스포츠를 경험해보고
싶다는 생각을 하고 있었어요. 서울에 있을 때 해볼 걸
하고 후회하고 있었는데 운명처럼 여자 축구팀 모집
글이 올라와서 바로 지원했지요!

노지-

조조가 같이 하자고… 일단 와서 뛰어보라고 해서
오게 됐어요.

**3. 반반FC에 입단하기 전에 축구를 했던 경험이
있나요? 있다면 어떤 시기에 어떤 형태의 축구였나요?
없었다면 그 이유는 뭘까요?**

옹-

없어요. 축구공에 얼굴을 정통으로 맞고 공에 대한
두려움이 생겨서 축구를 하고 싶다는 생각을 가진
적이 없었던 것 같아요.

조조-

초등학생 때 축구라기에는 좀 민망한 공놀이를
꾸준히 했어요. 당시 초등학교 체육 시간에는 여자는
피구, 남자는 축구가 당연했고요. 왜 여자애들은 맨날
피구만 해야 하냐, 축구하고 싶다며 억울함에 울었던
기억이 있어요. 상황이 어쨌든 친구들과 축구하는 걸
좋아했어요. 학교 뒤 공터에서 마음 맞는 친구들과

벽을 골대 삼아서 공을 차며 놀았어요. 나중에는 남자애들이 끼워줘서 그들의 대항전에도 참여했던 기억이 나네요. 중학생 때는 축구, 운동장이 삭제된 시기예요. 그러다 고등학교에 진학하며 다시 축구를 만났어요. 풋살 리그! 처음으로 팀을 가져보고 정식으로 심판과 스코어와 승패가 갈리는 축구를 했어요.

경희-

막연히 여자들은 축구를 직접 하기보다 관람하는 게 일반적이라고 생각해서 축구를 해볼 경험이 없었던 것 같아요. 어렸을 때 초등학교까지 반 친구들과 축구했던 게 다인 거 같네요.

비빔-

대학교 1학년 때 짝 축구 정도입니다. 없다고 봐야죠. 관심이 없었고. 왜 공을 두고 여럿이 쫓아다니는지 이해를 못 할 때도 있었습니다.

양양-

단 한 번도 없어요. 축구하는 사람을 구경하는 일도
없었고요. 축구공의 육각형 무늬도 나에겐 낯설
정도로 공과는 먼 인생을 살았네요.

주희-

지금 하는 것이 진정한 축구라면 그전에는 해본 적
없다고 말할 수 있겠네요. 하하. 그럼에도 축구를
해본 적이 있냐 묻는다면 고등학생 때 남학생들과
짝을 이뤄서 하던 짝 축구가 생각나요. 나보다 잘하고
빠른 남자 친구들에게 끌려다닌 기억뿐입니다. 지금
생각해 보면 과거의 저는 내가 축구를 할 수 있을
거라는 생각 자체를 못했어요. 운동장과 축구 모두
남자 친구들의 것이라고 생각했습니다.

**4. 축구를 보기만 했을 때와 직접 뛰고 난 후 달라진
점이 있나요?**

경희-

눈으로 볼 때는 저것도 못 할까 싶었는데 막상 직접

뛰어보니 쉽지 않네요. 체력도 그렇고 기술도 없고.
가장 크게 놀란 건 전술이었습니다. 무작정 공을
쫓아 뛰는 거라 생각했는데 머리를 쓰는 고도의
운동이네요.

주희-

가장 큰 부분은 '나도 축구를 할 수 있다'는
감각이에요. 앞서 말했듯이 저는 제가 축구를 할 수
있을 거라고 생각하지 못했거든요. 하지만 왜 못
하겠어요. 저도 할 수 있죠. 누구든 할 수 있죠. 하지만
이 사실을 깨달은 건 운동장에 나와 패스를 하고,
드리블을 하면서부터예요. 저의 세상이 축구만큼
넓어진 거죠.

**5. 친선전에 직접 참여했거나, 혹은 경기장 바깥에서
응원하며 느꼈던 것이나 기억에 남는 에피소드가
있나요?**

봄봄-

반반이 한 팀으로 뭉쳐지는 것이 좋았어요. 경기를

하다 보면 더 열심히 해야겠다고 자극이 되기도 하고
내가 잘못했던 부분이 아쉽기도 해요. 공이 빠르게
날아와서 나를 지키기 위해 몸을 피했던 순간이
떠올라요. 이기고 싶지만 내 안전이 더 중요하구나
느꼈어요. 그리고 응원 와주는 사람들도 와줘서 더
재밌고 힘이 났어요.

은근-
경기를 하니까 비로소 우리가 팀이라는 것을
감각하게 되었달까요? 전에는 훈련 메이트였다면,
경기를 하고 나니 같은 목표를 가진 팀이 되었구나
싶어요. 경기를 하고 나면 열정에 다시 화르륵
불이 붙고요. 하고 싶은 말도 많아져서 뒤풀이도
재미나고요.

노지-
홍동초 친구들과 경기 했을 때 골키퍼로
참여했습니다. 완패하였지만, 길 가다가 가끔 그
친구들을 마주 칠 때, "어…! 그때 그!" 하며 인사하던
모습들이 생각이 납니다. 승패와 상관없이 서로

즐거웠던 기억이 되어 마주칠 때 미소 지을 수 있다는
것이 참 좋습니다.

양양-

풀무고와의 친선전이 인생 첫 경기였어요. 경기가
끝나고 나서 얼마간은 수비 실책이 마음을 무겁게
했고 나를 두렵게 만들었어요. 축구를 계속 하는
게 맞는 걸까 고민하기까지 했고요. 육아로 시간을
아껴 써야 하다 보니 즐겁고 설레는 일만 하고 싶은
마음이 커서요. 자책의 시간이 흘러가고, 한 장면이
찾아왔어요. 경기를 시작할 때 양쪽 선수들이 일렬로
마주 선 모습. 흥분되고 뭉클하고 신나고 뿌듯하고
눈물이 났던 그 장면.

주희-

우연히FC와의 경기는 엄청난 응원이 되는
경험이었어요. 우리 말고도 우리 바깥에 내가 모르는
공간에서 다른 여성들이 축구를 하고 있다는 것이
그랬어요. 그리고 저보다 나이가 많은 아주머니들의
파워를 느끼며 나이듦에 대한 기대를 할 수 있는

시간이었습니다. 풀무고와 경기는 저의 깊숙한 곳 숨겨져 있던, 잘 꺼내지지 않던 승부욕을 토하듯 끄집어낸 경험이었어요. 무언가를 잘하고 싶고, 누군가를 이기고 싶은 마음이 드는 것은 아주 오랜만이었습니다. 그런 마음이 드는 스스로가 조금 당황스럽기도 했어요. 풀무고 친구들을 보며 부러운 마음도 들었고요. 고등학생 때 축구를 할 수 있는 것, 너무 부럽고 멋지다!

6. 반반FC가 시작된 지 어느덧 3년이 되어갑니다! 그동안 계속 해 올 수 있었던 원동력은 무엇이라고 생각하세요?

민달팽이-
축구에 대한 관심과 잘하려는 열정을 가지고 있고 동네 사람들이라는 울타리 안에서 느끼는 연대감이라고 생각됩니다.

조조-
열정! 혈기! 축구 사랑! 저도 궁금해요. 우리 팀의

열정은 도대체 어디서 나오는 건가요? 다들 너무 대단하고 멋져요. 대단하고 멋진 사람들이랑 축구를 하니까 저도 감화됐나봐요.

봄봄-

처음에 시간을 맞춰가고 각자의 욕구들을 나누던 것이 떠올라요. 그런 시간이 모여 우리 안에서 믿음이 쌓여온 것 같아요. 그리고 반반FC를 지도해주는 민달팽이 코치님의 꾸준함이 큰 버팀목인 것 같아요.

은근-

열정의 속도와 강도, 지속력이 저마다 달라서? 개인적으로는 잠시 열정이 식었을 때도 꾸준히 훈련에 참석한 팀원들이 있었기 때문에 언제든 다시 참여할 수 있었어요.

비빔-

축구가 재밌으니까요.

노지-

축구에 진심인 분들의 열정이 지금까지 팀을 이끌어
온 것 같고, 민달팽이 코치님의 따뜻한 코칭이 힘이
되어 다들 자주 못 나와도 시간이 되면 나오려고
노력하는 것 같습니다.

양양-

다른 일정이 있어서 한 달 정도 쉬었는데, 그러다 보니
운동장으로 다시 돌아갈 동력이 생기지 않았어요.
결국 두 달 넘게 빠지게 됐어요. 오랜만에 길에서
은근을 만났는데, 축구 가는 길에 양양 생각을 했다고
카톡을 보내왔어요. 그때 '축구'보다 함께하는
사람들을 떠올리게 되었어요. 한 사람 한 사람을
떠올리다 보니 호기심이 생기고 함께 무언가를 하면
재밌을 것 같다는 생각이 들어요. 지금은 '사람'
때문에 이곳에 함께 하고 있어요.

주희-

제가 훈련에 참여하지 못하는 동안 참여해 준
친구들이 가장 먼저 생각나요. 계속, 잘하고 싶다는

마음들이 모여 누군가 틈을 내면 누군가는 그 틈을
메우는 시간의 연속이 모여 지금까지 축구를 하고
있지 않나 생각합니다.

7. 반반FC 만의 매력은 무엇이라고 생각하나요?

조조-

각자 본인의 다음 단계를 위해 애쓰는 열정들의
합이라는 거?!

봄봄-

즐기는 것, 서로 다른 사람들이 반반FC에서 수용되어
한 팀이 되는 것.

은근-

온 동네의 자랑거리이자 구경거리라는 점…?! ㅎㅎ

노지-

세심함, 모두가 한마음이 될 수 있다는 가능성,
꾸준함.

양양-

솔직하게 소통하려는 모습이 우리 팀의 강점이자
매력이라고 생각해요.

주희-

다채롭다는 것!

**8. 축구를 시작하면서 내 몸은 어떤 경험을 하고
있나요? 변화, 고민, 경험을 떠오르는 대로
나눠주세요.**

조조-

처음 훈련을 하고 난 다음 날에 온몸이 아파서
고생이었어요. 온몸에 축구 근육이 붙는 과정이었던
것같아요. 시간이 흐를수록 축구를 하고나면 아픈 것
보다 개운함이 더 커요. 무거웠던 몸이 가벼워지는
개운함 때문에 축구를 계속하게 되었어요. 그리고
요즘에는 제 체력의 한계와 컨디션에 따른 몸의
변화가 흥미롭고 궁금해요. 인터벌 트레이닝을
하면서 '이게 가능해? 어우 죽겠다, 너무 힘들어'

하던 순간을 넘어서니 숨이 트이고 몸이 가벼워지는 경험을 했어요. 그 순간이 신기하고 놀라웠어요. 제 몸은 제가 컨트롤하고 있다고 생각했는데, 제 체력이 제 예상을 넘어서서 활약한 거니까요. 제 몸에 대한 호기심과 기대가 커졌어요. 제 몸을 잘 먹이고 잘 돌보는 데도 관심이 커졌어요. 축구를 온전히 뛰려면 몸이 기운차야 하니까요.

봄봄-
키도 작고 마른 편이라 내가 어떤 역할을 할지 고민되는 부분이 있어요. 경기를 하면 이런 부분이 더 잘 느껴져요. 나만의 장점을 살려서 해나가고 싶어요. 또 축구를 하다 보면 몸의 균형을 맞추는 것이 어려울 때가 있어 신경 쓰며 하고 있어요. 축구를 하며 체력이 조금이나마 좋아진 것 같고 근육이 생기는 것 같을 때는 기뻐요.

은근-
처음 훈련을 하고 나서 태어나서 한 번도 아파본 적 없는 근육이 아파서 신기했던 경험이 있어요. 종아리

앞 근육, 앞 허벅지의 존재감을 처음 느끼면서 '어떻게
평생 이 근육을 써본 적이 없었을까' 생각했어요. 뭔가
인생을 돌아보게 되었던 기억이 나요.

비빔-

리프팅을 할 때, 킥을 찰 때 조금씩 발에 공이 맞는
감각이 변하는 걸 느껴요. 조금씩 변하는 몸의 감각을
느끼는 게 재밌어요. 고민은 40대라 기량이 늘어도
한계가 있지 않을까 하는 막연한 걱정이 있어요.

양양-

나의 튼튼한 허벅지의 쓸모를 알기 시작했다는
것(아주 이롭고 긍정적으로). 왼발이 내 뜻대로 움직이지
않아요. 오른발이 하는 일을 왼발은 너무 모른 체
살았나 봐요. 몸의 조화와 균형을 찾고 싶어요.

주희-

몸의 기능을 더욱 많이 생각하게 되었어요. '몸을 더
잘 쓰고 싶다!' 하는 마음으로요.

9. 앞으로 얼마나 더 축구를 할 수 있을까요?

수인-

반반 FC가 해체하지 않는 한 쭉.

조조-

마음 같아서는 시니어 축구팀까지 달리고 싶어요.
남성 축구팀들의 이야기를 들어보면 연령대가 되게
다양하더라고요. 70대임에도 축구하신다는 얘기도
들었어요. 제 목표는 그것입니다. 할머니 축구팀!

봄봄-

지금 함께 하고 있는 친구들과 계속 함께 한다면
가늘고 길게 할 수 있지 않을까 생각해요. 갑자기
할미FC가 떠오르네요. (웃음)

10. 축구를 하며 갖게 된 야망이 있다면?

수인-

김민재 선수처럼 멋지고 우아하게 클린 태클하기.

조조-

일단 다음 친선전 때 시원하게 슛을 차보고 싶어요.
골까지 연결된다면 더할 나위 없이 짜릿하고 기쁠
것 같아요. 제가 밤 뜰 알바할 때 종종 오시는 중년
남성분들이 계셔요. 함께 축구 뛰시고 산뜻하게 씻고
다시 모여서 사는 얘기, 축구 얘기 하면서 맥주를
드세요. 저도 그런 중년 여성이 되고 싶어요. 오전이든
낮이든 축구하면서 땀을 쭉 빼고 저녁에 친구이자
팀원들을 다시 만나서 축구 얘기, 사는 얘기하면서
맥주 한 잔 마시는 중년 여성이 되고 싶어요.

봄봄-

야망이라… 딱히 큰 야망은… 모르겠네요. 경기에서
골을 못 넣은 지 오래라 골을 넣어보고 싶고, 뭔가
함께 하는 친구들과 재밌는 것들을 많이 해보고
싶어요.

비빔-

드리블, 킥을 잘하고 싶고, 1대1을 한번 뚫어보고
싶고, 팀플레이도 한번 멋있게 해 보고 싶어요.

노지-

축구로 체력을 다져서 복싱을 하고 싶습니다.

양양-

즐기는 것! 건강을 목표로 달리기를 하면 멈추고 싶은 강렬한 욕망에 내 몸은 늘 패배해요. 근데 공을 쫓다 보면 내 몸의 한계가 아주 조금씩 끌어올려지는 것 같은 느낌이 듭니다. 그 힘은 놀이, 재미에서 나오는 것 같아요. 비교하지 않고 내 몸에 집중하면서 축구를 놀이로 오래 하고 싶어요.

주희-

축구, 잘하고 싶다! 이기고 싶다! 날쌘 몸을 가지고 싶다! 날쌔지 못하다면 피지컬로 밀어붙이는 선수라도 되고 싶다!

후반전

우리의 이름을 걸고

도 대회에 나가기 위해 읍내 도시 팀에 합류했을 때의 일이다. 새로운 팀에서 새로운 사람들과 새로운 분위기에 적응하는 것은 쉽지 않았다. 게다가 우리는 대회를 위해 임시로 모인 사람들이었다. 지금은 같이 뛰어야 하지만 앞으로는 어떻게 될지 모르는, 마음을 주기도 뭐하고 안 주기도 뭐한 관계였다. 오직 대회를 목표로 일주일에 두 번, 평일 저녁에 훈련을 나갔다. 도시 팀의 분위기는 여유로운 주말 오후에 동네 사람들과 슬렁슬렁 훈련하는 우리 팀과는 상반된 일정, 상반된 분위기였다. 나에게도 이번 도 대회 준비는 큰 도전이었다.

아이들의 잠자리를 온전히 남편에게 맡기고 저녁 활동을 한 것이 거의 처음이었다. 단기간에 하나의 목표를 향해 전력을 다하느라 온 마음을 쏟았고, 경기에서 선수로 뛰고 싶은 마음이 간절했다.

대회는 이틀 동안 진행됐다. 우리 경기는 대회 시작 첫날 오전과 둘째 날 오후에 예정되어 있었다. 경기 시작 한두 시간 전에 모여 몸을 풀었다. 그리고 시합이 시작되기 30분 전쯤 그날의 선발 라인업을 전달받았다. 몸을 풀 때부터 내 마음은 온통 선발 라인업에 가 있었다. 주전이 될까 안 될까, 오늘 경기를 뛸 수 있을까 없을까. 걱정과 설렘, 그리고 긴장감이 감돌았다.

몸을 풀고 우연히FC의 감독님이 사람들을 불렀다.

"언니들~! 테이핑 필요한 사람들 이리로 오세요~!"

절반 이상의 사람들이 우르르 그곳으로 몰려갔다. 나도 며칠 전부터 허벅지가 뻐근했는데 다른 사람들도 나처럼 여기저기가 아픈 모양이었다. 한참이 지나서야 내 차례가 왔다. 나는 그때 처음으로 감독님과 이런저런 얘기를 나눴다. 어떻게 여기에 오게 되었는지, 그 전에 프로 선수로 뛴 적이 있는지, 앞으로의 계획은 어떻게 되는지 등등. 그동안은 낯선 곳에서 긴장감과 경계심 때문에 하지 못했던 이야기들이 이제 마지막이라는 생각 때문에 그랬는지, 내 살을 만져주는 손길이 따뜻하게 느껴져서였는지 이야기가 술술 나왔다. 같이 훈련을 받았던 다른 언니들을 향한 경계심도 이제야 조금 풀리는 듯했다. 오늘은 한 팀으로 같이 뛰어야 하는 날이니까. 언니들이 챙겨온 녹용과 홍삼을 나눠 먹고 마주 앉아 서로의 얼굴에 선크림을 발라 주었다. 다들 조금씩 들떠 있었고, 이제야 우리가 한 팀으로 뛰게 된 것이 실감 나기 시작했다.

경기 시작 30분 전, 드디어 감독님이 오늘의 선발 라인업을 발표했다. 심장이 미친 듯이 뛰었다. 다행히 나는 주전이 되었다. 포지션은 미드필더. 평소 연습해 온 자리였다. 그러나 이날은 우리의 생애 첫 대회이기도 한데다 우리 팀 에이스였던 경찰 언니(나이는 나보다 어리다) 두 명이 모두 빠진 상황이었다. 경기 시작을 알리는 휘슬과 동시에 우리 팀 선수들 대부분 우왕좌왕했다. 그나마 킥이 좋고 개인기를 할 줄 아는 두 언니가 빠진 탓에 우리가 보내는 공은 멀리 가지 못하고 계속해서 끊겼다. 엎친 데 덮친 격으로 전반전은 우연히FC의 키퍼 은정 언니가 뛰었는데 은정 언니도 긴장을 했는지 평소 잘 하던 킥이 자꾸만 짧게 가거나 상대에게 가버리는 바람에 허무하게 두 골이나 먹혔다. 평소 같았으면 그래도 힘내자고 소리쳤을 텐데 이번엔 힘이 쭉 빠졌다. '우리는 이렇게 어렵게 막고 있는데 저렇게 쉽게 들어가 버리다니' 하는 생각과 함께 마음이 어두워졌다. 그런 내 마음은 고스란히 경기력으로 드러났다. 악착같이 뛰어다니는 것이 나의 장점 중 하나인데 그것마저 제대로 해보지 못하고 결국 전반에 교체되어 나왔다. 전반전은 5:0으로 마무리됐다. 후반에는 노지가 골키퍼로 들어가 선전하여 2골을 먹히는 것에 그쳤지만 결과적으로는 7:0 대패였다. 사실 큰 점수차는 반반FC에서 13:0으로도 져봤기 때문에 큰 타격은 없었다. 그보다는 전반도 다 뛰지 못하고 교체되어 나왔다는 사실이 나를 불안하게 했다.

다음 날 경기 시작 전에 나는 눈치를 보다 감독님에게 말했다.

"감독님, 저 미드필더 말고 윙으로도 뛸 수 있어요."

마지막 경기인데, 내가 어제 아무것도 보여주지 못하고 나왔다는 사실이 신경 쓰여서 뭐라도 어필하고 싶었다. 그동안 연습에서는 미드필더만 했기 때문에 다른 곳에서도 뛸 수 있다는 것을 전하고 싶었다. 감독님은 조금 놀라는 표정으로 "그래요? 오케이"라고 말하며 돌아섰다. 나는 또 걱정 반 설렘 반으로 선발 라인업이 발표되기를 기다렸다.

경기 시작 30분 전. 두 번째 라인업이 발표됐다. 다행히 이번에도 주전이다. 이번에는 라이트 백, 수비 제일 오른쪽 자리였다. 나의 어필이 어느 정도 통한 듯했다. 수비수는 처음이라 좀 당황했지만 그래도 경기를 뛸 수 있다는 것이 나에게는 더 중요했다. 나를 포함한 수비수는 4명. 이 라인업으로 맞춰 본 것은 이 경기가 처음이었다. 라이트 백으로서 나의 가장 큰 임무는 수비 라인을 지키는 것이었다. 수비도 처음 해보는데 수비 라인을 관리하라니. 난감한 마음으로 경기에 들어갔다. 그런데 나의 시야가 생각보다 넓었던 건지 상대가 우리 수비 라인 확인을 잘 못 하는 건지 상대 공격수가 우리 팀 오프사이드 트랩에 계속 걸렸다. 라인 컨트롤을 하던 나는 오프사이드 깃발이 올라갈 때마다 희열을 느꼈다. 더욱이 오늘은 어제는 못 왔던 에이스들, 경찰 언니 두 명이 함께 뛰었다. 한 명은 화려한 개인기로 앞쪽을 휘젓고 다니고 또 한 명은 사이드에서 훌륭한 킥으로 크로스를 올렸다. 앞에서 이런저런 시도란 것을 만들어 내니 뒤를 지키는 것도 할 만했다. 무엇보다 반반 FC의 팀원이자 내 동생 노지의 골키퍼 선방이 빛을 발했다. 비록 1:0으로 패배했지만 모든 사람이 끝날 때까지 '이거 아직 모른다!'라고 생각할 정도로 몰입한 값진 승부, 값진 패배였다.

그런데 나는 경기가 끝나자마자 눈물이 핑 돌았다. 좋아서가 아니라 속상해서. 져서가 아니라 경기를 못 뛴 친구들이 보여서였다. 주전 선수들의 의외의 활약으로 감독님은 아무도 교체시키지 않았다. 후보 선수 중에는 어제도 몇 분 뛰지 못한 사람들이 있었고 거기에는 반반FC 팀원들도 있었다. 우리가 이 대회를 준비하며 함께한 한 달의 열정을 알기에, 또한 모두가 이 경기에 얼마나 진심이었는지 얼마나 뛰고 싶었는지 알기 때문에 더 속상했다. 나는 경기가 끝나자마자 그 친구들에게 달려갔다. 눈물이 날 것 같았지만 여기서 내가 울면 기분 나쁜 오지랖이 될 것 같아 꾹 참았다.

실망한 은근과 수인의 얼굴을 보니 마음이 더 심란했다. 눈물을 다시 한번 꾹 참았다. 괜히 미안한 마음이 들었다. 어필 같은 거 하지 말 걸 그랬나. 은근과 함께 사는 반반FC 매니저님은 화가 단단히 났다.

"이럴 거였으면 어제라도 좀 뛰게 해주던가. 어제도 오늘도 아침 일찍부터 나왔는데 이게 뭐예요."

충분히 이해할 수 있는 말이었다. 나는 두 가지 감정을 느꼈다. 하나는 내가 반반FC의 주장으로서 나 살 생각만 하고 팀원들을 챙기지 못했다는 죄책감, 그리고 남의 팀에서 이런 일을 겪었다는 분함이었다.

나는 경기가 끝나고 뒤풀이에 가지 않았다. 은근도 가지 않았다. 나는 반반FC 단톡방에 전체 대회가 다 끝난 후 우리만 따로 만나자고 제안했다. 동네 술집에 이번 대회를 함께 준비한 사람들이 하나둘 모였다. 북적했던 도시를 떠나 다시 시골 마을로 돌아왔다. 뒤늦게 은근과 매니저님이 도착했다. 매니저님은 여전히 화가 나 있었고, 은근은 담담하게 서운한 마음을 표현했다. 대회를 같이 준비하다 나이 문제로 최종 엔트리에 들지 못했던 비빔도 왔다. 비빔 역시 담담하게 서운함을 이야기했다. 다른 팀에 속해서 뛰다 보니 그들과 소통에 어려움이 있었다는 얘기를 나눴다. 나는 우리 팀 이름으로 나갈 수 있는 대회를 최대한 빨리 준비해 보면 어떻겠냐고 했지만 팀원들은 급하게 하지 말고 천천히 준

비해 보자고 했다. 우리가 늘 그래왔던 것처럼 우리만의 속도로. 나도 고개를 끄덕였다. 분하고 속상하고 다급했던 마음이 조금 진정됐다. 은근과 매니저님은 일찍 자리를 떴고, 남은 사람들은 이야기를 좀 더 하다 헤어졌다.

아무래도 은근은 가장 마음을 다친 듯했다. 이런저런 이유로 한 달째 훈련에 나오지 않았다. 팀원들도 그런 은근의 마음을 어느 정도 이해하는 눈치다. "오늘도 은근은 훈련 못 나온다네." "그렇구나…" 우리는 말줄임표 뒤의 이야기를 더 하지 않았다. 은근에게 왜 나오지 않느냐고 다그치지도 않았다. 그저 기다릴 뿐이었다. 은근이 나오지 않을 때마다 은근을 한 번 더 떠올려 볼 뿐이었다. 자기 속도대로 회복하고 돌아오길 기다려 주는 게 우리 팀의 위로법이었다. 그 기다림 속에는 은근이 분명 다시 돌아올 거라는 믿음과 그 역시 누구보다 축구에 진심인 사람이라는 확신이 있었다.

예상대로 은근은 다시 나타났다. 매주 하는 훈련에도, 한 달에 한 번 하는 축구 글쓰기 모임에도 나왔다. 자신의 이야기엔 과묵한 은근의 마음을 자세히 살필 수 있었던 것은 축구 글쓰기 모임에서였다. 마침 이번 주제가 지난 도 대회 경험을 쓰는 거였다. 나는 모임이 있기 전부터 그동안 묻지 못했던 은근의 이야기가 궁금했다. 드디어 은근이 글을 읽는 순서가 되었다. 특유의 낮은 목소리로 써온 글을 읽기 시작했다. 글을 읽는 그의 목소리가 조금씩 울컥거리기 시작했고 어느새 우리는 함께 울고 있었다.

대회를 마치고 한 달 동안은 시행착오의 연속이었다. 어떻게든 좋은 추억으로 남기려 했던 여러 번의 시도가 실패한 끝에서야 내 마음이 꺾여버렸다는 사실을 인정하게 되었다. 갖은 수와 합리화를 동원해도 좋게 해석되지 않는 경험도 있다는 것이 너무나 낯설게 느껴졌다. 그래서 시간이 걸렸다. 대회를 준비하는 훈련만큼이나 치열한 시간이 필요했다. 그런 일이 벌어지기도 한다는 것, 그리고 그런 일에 상처받을 수 있다는 것을 인정하는 시간. 그리고 대회에 대한 내 마음이 꽤나 진지했다는 것을 인정하는 시간. 중요한 것은 꺾이지 않는 마음이 아니라 꺾여버린 마음이라는 사실을 알아채는 시간. 그 시간이 지나자 치유보다는 망각의 힘으로 다시 운동장에 나갈 수 있게 되었다. 시합에 나가려고 축구를 한 것도 아니고, 사실 축구에게 상처받은 것도 아닌데, 괜히 나쁜 기억이 덧입혀져 축구를 미워하게 될까 봐 무서웠는데 그건 아니었다. 막상 뛰어보니 그런저런 생각이 나지 않을 만큼 여전히 힘들고, 또 재미있었다. 다행히, 여전히 축구가 좋다. 다만 그저 재밌기만 했던 축구에 보다 복잡한 감정이 뒤엉키게 되었을 뿐. 좀 더 복잡하게, 보다 진지하게, 한풀 꺾인 채로 좋아하게 된 것뿐이다. (은근, 〈중요한 것은 꺾여버린 마음〉 일부)

울보로 소문난 나와 조조는 당사자보다 더 눈물을 흘리며 서로를 주책이라고 놀렸다. 그리고 은근에게 고맙다고 말했다. 이 글을 써줘서, 그리고 다시 돌아와 줘서. 우리는 올해가 아니면 내년, 축구가 아니면 풋살이라도 꼭 우리 팀 이름을 걸고 대회에 나가자고 의기투합했다. 우리에게 축구를 더 열심히 해야 하는 이유가 하나 더 생겼다. 우리가 반반FC의 이름으로, 우리 팀 이름이 적힌 유니폼을 입고, 몇 년간 함께 발을 맞춰온 친구들과 대회에 나가는 날을 상상한다.

진정한 첫 대회

주기적으로 찾아오는 슬럼프에 다시 빠져가고 있을 때였다. 팀원 중 한 명이 우리 동네에서 멀지 않은 청양에서 '2023 청양군수배 풋살 최강전'이 열린다는 정보를 전했다. 풋살은 인원이 적어도 되니 우리가 반반FC 이름으로 참여할 수 있는 절호의 기회라는 말도 덧붙였다. 우리는 대회 참가 인원을 모집하여 반반FC의 첫 공식 경기 데뷔를 준비했다.

대회 신청서를 내고 시합까지는 한 달 남짓 남은 일정이었다. 지난번 도 대회 경험을 살려 평일에도 하루 이틀씩 추가 훈련을 했다. 문제는 훈련 장소였다. 주말에는 동네 중학교 운동장에서 훈련을 할 수 있었지만 평일에는 마땅한 훈련 장소를 찾기 어려웠다. 게다가 지독한 동네주의자들인 우리 팀 사람들은 동네를 벗어나 축구하는 것을 어려워했다. 그래도 인원이 적어 어디서나 할 수 있다는 장점을 살려 동네 한복판에 있는 작은 공원에 모여 낮에 훈련을 했다. 땅이 평평하지 않고 조금만 세게 차면 바로 옆 하천으로 빠지는 곳이었다. 하지만 이 장소마저도 목수 아저씨들이 선점하는 날이면 그 옆에 풀이 발목까지 올라오는 곳에서 연습을 해야 했다. 그런데도 우리 팀 사람들은 평일 낮에 축구를 할 수 있다는 것에 행복해했다. 풀 때문에 발이 푹푹 빠지는 곳에서 연습할 때도 선수들이 모래사장에서 훈련하면 이런 느낌일 것이라면서 여기서 하다 경기장에 가면 우리는 날아다니겠다며 좋아했다. 인원이나 강도 면에서 훈련이라 하기엔 연습에 가까웠고 그마저도 게릴라성이었지만 일상 사이사이에 축구가 끼어 있는 것만으로 기분 좋았다.

평소처럼 슬렁슬렁 즐겁게 축구를 하던 우리도 대회가 일주일 앞으로 다가오니 긴장감이 감돌았다. 참여율과 연습 강도가 높아졌고 갑자기 코치님이 사비로 밥을 사는 횟수가 늘어났다. 대회 이틀 전날 마지막 훈련이 있었는데 눈비가 내렸다. 팀원들은 눈 내리는 날에 하는 축구가 낭만적이라며 좋아했다. 그런데 낭만적이던 눈이 어느새 비가 되었고, 쫄딱 젖어 축축한 상태로 경기를 뛰고 나니 몸이 천근만근이었다. 으슬으슬한 것이 딱 감기에 걸리기 직전 증상이었다. 집에 돌아와 곧바로 뜨거운 물에 샤워를 하고 옷을 껴입었다. 나는 내가 감기여도 감기일 수 없도록 스스로에게 최면을 걸었다. '정신 차려! 지금은 아프면 안 돼, 정신 바짝 차리고 이겨내야 돼!' 하교 시간에 맞춰 둘째 아이를 데리러 학교에 갔다가 조조를 만났다. 조조는 반반FC의 팀원이기도 하지만 우리 집 둘째의 방과 후 생태 미술 선생님이기도 했다. 그의 상황도 비슷해 보였다.

"해원, 괜찮아요? 나 등골이 오싹한 게 감기 걸리려는 것 같아요."

그의 불안한 눈을 보며 느낄 수 있었다. 그도 나처럼 스스로에게 최면을 걸고 있다는 것을. 나도 비슷한 증상이 있음을 알리고 우리는 지금 절대 아프면 안 된다며 서로에게도 최면을 걸어주었다.

대회 당일, 열심히 걸었던 최면의 힘이었는지 생각

보다 컨디션이 나쁘지 않았다. 경기장에 도착해서 만난 조조도 괜찮아 보였다. 하나둘 모이는 팀원들을 보면서 어째서인지 나는 자꾸만 그들을 끌어안았다. 떨리는 마음을 공유하고 싶어서, 우리가 우리의 이름으로 드디어 대회에 참여하게 되었다는 사실이 설레고 좋아서였다. 그렇게 사람들과 한 번씩 끌어안고 나면 마음이 조금 진정되는 듯했다.

추첨을 통해 경기 상대가 정해졌다. 오늘 경기에 등록한 팀은 총 여덟 팀. 두 그룹으로 나눠 예선전을 치른 뒤 각 그룹에서 승점이 높은 두 팀이 4강으로 올라간다. 그날따라 눈빛이 더욱 총명해진 매니저님이 추첨을 하고 돌아와 말했다.

"다른 팀 사람들이 우리 이름 듣고 다들 웅성웅성 하더라구요. 반반FC? 반반FC가 누구야? 이러면서. 정보를 아예 모르는 팀이라 이거지. 다른 팀들은 서로 아는 사이가 많은데 지금 우리 팀만 베일에 싸여 있는 거예요."

그 말을 들으니 나는 어쩐지 더 비장해졌다. '지금이 언더독의 반란을 보여 줄 절호의 기회인가…!'

경기 시간이 다가오는데 분위기는 여전히 어수선했

다. 다닥다닥 붙어 있는 네 개의 경기장에서 한꺼번에 경기를 치르려니 그럴 수밖에 없었다. '이렇게 시작한다고?' 하는 생각이 드는 것과 동시에 정신없이 경기가 시작됐다. 풋살 시합이 처음인 우리는 풋살의 공수전환 속도와 압박에 허둥댔다. 제대로 된 공격 한번 못 하고 수비만 하고 있는 실정이었다. 상대 팀 진영으로 하프라인 이상 나가지를 못했다. 무엇보다 좁은 곳에서는 세밀한 플레이가 필수적인데 우리의 플레이는 너무 투박했다. 다행인 건 상대 팀도 첫 경기라 긴장한 탓인지 공격 찬스가 많이 만들어지고 있는데도 불구하고 골을 넣지 못하고 있었다. 우리 팀에서 가장 든든한 센터백 뻔뻔과 비빔, 그리고 에이스 골키퍼 노지가 우리 팀 골문 앞을 우직하게 지켜주기 때문이기도 했다. 골이 잘 들어가지 않으니 조금씩 몸싸움이 격렬해졌다. 축구를 하며 나 못지않게 쌈닭 본능이 튀어나오는 봄봄이 누군가를 향해 소리쳤다.

"손 이렇게 막 써도 되는 거예요? 이건 아니지!"

그 소리에 경기장에만 들어가면 조용해지는 내 마음속에도 작은 투지가 일기 시작했다.

그런데 봄봄의 그 외침이 우리 팀뿐만 아니라 상대

팀의 투지도 높인 듯했다. 우리는 더 격렬해졌다. 정신 없이 뛰어다니다 내가 넘어졌는데 동시에 뻗어나간 손이 상대 선수 발에 닿아 함께 넘어졌다. 그 선수는 내가 일부러 자기 발을 잡았다고 생각한 것 같았다. 화가 잔뜩 난 상대 선수는 넘어지는 동시에 소리쳤다.

"씨발!"

나도 놀라고 소리친 상대 선수도 놀랐다. 상대 선수는 당황하여 나에게 공손히 사과를 했지만 사실 나는 그렇게 기분 나쁘지 않았다.

이제 축구를 하며 생기는 거친 플레이나 언행에 마음 상하지 않는다. 그래서 시합이 끝난 뒤 뻔뻔이 다 쉬어 버린 목소리로 나에게 화내서 미안하다고 사과를 했을 때도 조금의 거짓 없이 정말 괜찮다고 답했다. 경기장 위에서 우리가 모두 같은 마음이라는 것을 알기 때문이다. 축구를 잘하고 싶고, 시합에서 이기고 싶다. 우리가 같은 목적지를 향하고 있다는 것만 알아도 불쑥 튀어나온 감정들을 쉽게 납득할 수 있다. 게다가 우리는 언제나 예쁘고 다소곳하고 얌전해야 했던 여성들이 아닌가. 이 작은 경기장 위에서 부딪치고 소리를 지르고 화를 내고 욕을 하는 모습을 보면 오히려 기분이 좋아진다.

그래서 나도 이번 대회를 기점으로 한 가지 결심한 것이 있다. 여러 번 사과하지 않는 것이다. 시합을 하면서 알게 됐다. 나는 운동장에서도 운동장 밖에서도 사과를 많이 한다. '미안합니다' 한 마디면 끝날 일도 두 번 세 번 사과를 한다. 특히 운동장 위에서 여러 번 사과하는 내 모습은 너무 부끄럽고 초라했다. 거듭된 사과에 의아해하는 상대를 보며 그것이 얼마나 멋없는 행동인지 알게 됐다. 나는 축구가 멋있어서 좋다. 그래서 축구하는 나도 더 멋있었으면 좋겠다. 자꾸만 쪼그라지는 나를 멋있게 축구하는 나로 펴주고 싶다.

우리는 막판에 아주 아쉽게 한 골을 먹혀 1:0으로 패하고 말았다. 나머지 두 경기에서도 우리는 승리하지 못했고, 1무 2패로 예선 탈락했다. 비록 언더독의 반란을 보여 주는 반전 영화는 찍지 못했지만 승점 1점을 땄다는 것과 우리를 이기고 올라간 두 팀이 결승전에 올라갔다는 것에 만족했다. 돌아오는 봉고차 안에서 우리는 오늘 시합에서 아쉬웠던 것들에 대해, 그럼에도 잘되었던 것들에 대해, 앞으로 참여할 또 다른 대회에 대해, 오늘 함께 하지 못한 친구들에 대해 끝없이 이야기를 이어갔다. 무엇보다 이번 대회를 통해 가장 절실하게 느꼈던 벌크업을 어떻게 해나가야 할 것인지 진지하게 이야기를 이어가는 모습을 보며 나는 문득 팀원들에게 이런 질문을 던졌다.

"그런데 우리는 왜 이렇게 축구에 진심인 걸까요?"

갑자기 차 안이 조용해졌다. 아무도 답하지 못했다. 누구도 답할 수 없는 질문이었지만 우리가 그 이유를 찾아 계속해서 축구를 할 것이라는 것만은 명확했다. 그 확신만으로도 나는 이미 펴지고 있었다.

직관의 쓴 맛

내가 처음 열정을 다해 축구를 보게 된 것은 2002 월드 컵이다. 전 국민이 집에서, 식당에서, 거리에서, TV가 있는 곳이면 어디서든 축구를 봤다. 아마 그때 우리나라 사람들은 남북통일보다도 우리나라 대표팀의 승리를 염원했을 것이다. 그 당시 나는 초등학교 6학년이었는데, 나 역시 학교, 집, 공설 운동장 등 장소 불문 열과 성을 다했던 순간들이 기억에 선명하다. 그 당시 우리나라 대표팀의 굴곡진 이야기에 감동하기도 했고, 그렇게 많은 사람과 같은 마음으로 같은 것을 소원하는 경험이 재밌고 신기했다.

월드컵이 끝난 후에도 스포츠를 좋아하는 아버지 덕분에 TV로 같이 축구 경기를 보곤 했다. 나는 지나친 과몰입으로 볼 때마다 신경질을 내는 바람에 자주 쫓겨났지만, 그래도 축구를 보는 일은 항상 즐거운 일이었다. 아버지 옆에서 처음 프리미어리그를 봤던 것도 기억난다. 마치 2배속을 한 것 같은 공수 전환 속도는 충격적이기까지 했다. 그런 경기들을 보며 '저런 경기를 하고도 선수들이 죽지 않을 수 있구나' 하고 생각했다.

집에서 멀고 먼 이웃 나라 영국의 축구를 화면으로 보면서 한 번쯤 직관의 열기를 느끼고 싶었다. 매주 고퀄리티의 경기를 자기 동네에서 직접 볼 수 있는 영국 사람들이 부러웠다. 홍성군 공설 운동장에서 세계 최고의 선수들이 모여 축구하는 것을 매주 볼 수 있다면 얼마나 행복할까. 그러나 나의 현실은 영국은커녕 K리그 직관도 어려운 실정이었다. 애가 셋인 우리 집에서 나 혼자 가기는 뭐하고, 다 같이 가기는 힘들 것 같고, 재밌는 경기는 티켓을 구하기 어려워 번번이 마음을 접었다.

그러다 반반FC에서 프로 여자 축구 경기를 보러 간다는 소식을 듣게 되었다. 1시간 좀 안 되는 거리에 봉고차까지 대절해서 간다고 하니 기회다 싶었다. 그렇게 생애 첫 직관의 길을 나서게 되었다. 아이들과 팀원들이 다 같이 봉고차를 타고 가니 마치 소풍 가는 기분이었다. 원정을 떠나는 듯한 기분까지 들었다. 우리도 열심히 해서 언젠가 대회에서 상도 타고, 상금을 모아서 이런 봉고차를 사자는, 한 편의 영화 같은 상상을 하면서 신나게 경기장으로 향했다.

그러나 첫 직관의 설렘, 기대와는 대조적으로 여자 축구의 현실은 씁쓸했다. 아직 여자 축구가 대중화되지 않았다는 사실쯤은 알고 있었지만 그래도 프로 축구팀인데 적어도 공설 운동장 정도의 경기장에서 경기를 치를 줄 알았다. 그러나 그날 시합이 열렸던 곳은 커다란 공원 제일 끝자리, 옆에서는 초등학교 축구부와 공원에 놀러 온 가족들이 함께 뛰어놀고 있는 곳이었다. 오버한 스푼 보태자면(오버가 아닐 수도 있다) 우리가 올해 초에 도 대회를 했던 곳보다 작아 보였다. 최선을 다하는 선수들을 보며 직관의 열기는 충분히 느낄 수 있었지만, 돌아오는 길에 마음은 좀 복잡했다.

스포츠는 여전히 남성의 영역으로 기울어져 있다. TV 화면은 열심히 달리는 여성들보다 응원하는 여성들을 더 많이 비춰준다. 그마저도 예쁘게 꾸민 여성을 선별한다. 그렇게 선별되어 나오는 여성들은 축구를 좋아하는 팬이기보다 특정 선수를 좋아하는 소녀 팬임이 강조된다. 대한민국 국가대표팀 공격수 박은선 선수는 피지컬이 좋다는 이유로 국내외를 가리지 않고 여태 성별 논란에 휘말리고 있고 우리나라에서 '엄마'인 여성이 최초로 국가 대표가 된 것은 불과 몇 해 전이다. 스포츠 지도자는 대부분 남성들의 몫이고 대한축구협회 임원 28명 중 여성은 단 4명에 불과하다. 이런 현실을 보고 있자면 문득 궁금해진다. 스포츠를 하지 않거나 보지 않는 수많은 여성들은 지금 어디에서 무엇을 하고 있을까. 그들도 예전의 나처럼 못 하는 게 너무 당연해서 해볼 생각도 하지 못 하고 있는 건 아닐까. 세상은 언제쯤 평평해질 수 있을까. 그때까지 우리는 얼만큼의 시간과 얼만큼의 서운함을 삼켜야 하는 걸까.

그러나 이런 생각에 매몰되다 보면 자칫 허무주의에 빠지기 십상이다. 축구의 모순과 나의 모순에 허우적거리면서도 나는 여전히 축구를 보고 매주 축구를 하러 간다. 지나친 허무주의에 축구를 등져버리기에 나는 축구를 너무 좋아하고 사랑하기 때문이다. 불행인지 다행인지 기울어진 세상도 축구를 향한 나의 사랑과 열정을 꺾지는 못하고 있다.

나는 이제 화면 밖에서 매주 함께 뛰는 친구들의 플레이를 본다. 같은 골대를 향해 달려가는 친구들의 움직임을 본다. 아직 실수도 잦고 뚝딱거리기는 하지만 우리가 같은 곳을 향해 달려가고 있다는 그 확신만으로도 가슴이 벅차오른다.

축구를 하고 글을 쓰기 전까지 나는 내 안에 경계와 마주할 때마다 자꾸 뒷걸음질 쳤다. 축구 보는 것을 그렇게 좋아하면서도 여전히 내가 할 수 있는 일은 아니라고 생각했다. 할 수 없는 이유만 수없이 늘어났다. 한 번도 축구를 제대로 해본 적이 없고, 애 키우느라 할 시간과 체력도 없고, 무엇보다 나는 여자이기 때문에 축구하는 것과는 어울리지 않다고 생각했다. 그러나 나와 같은 상황에 놓여 있는 언니들이 축구를 하고, 나처럼 경험도 시간도 없고 무엇보다 축구랑 어울리지 않다고 생각했던 여자들이 모여 달리는 모습을 보며 그런 건 중요하지 않다는 것을 알게 되었다.

얼마 전 읽게 된 크리스토프 바우젠바인의 《축구란 무엇인가》(크리스토프 바우젠바인, 민음인)에서 나는 이

부분에 깊은 감명을 받았다.

> "발로 차는 것은 몸의 정상적 자세를 잃게 만들고
> '다리가 벌어지게' 만든다. 그러니까 '여성의 치마가
> 지니는 의미와 정반대'이다."

나는 축구를 하면서 다리를 벌리고, 서로의 몸을 부딪치고, 괴성을 지르고, 거친 말과 숨소리를 들으며 나도 모르게 경계를 넘어섰다. 그 경계를 함께 넘어서는 동료들을 보며 감격하고 그렇게 하나둘 허물어져 가는 경계 속에서 축구를 더욱 사랑하게 되었다. 이제 경계 앞에서 겁먹을 때마다 다리를 벌리며 축구하는 내 모습을 떠올린다. 길을 잃고 있을 때마다 책상 앞에 앉아 글을 쓴다. 내게 할 수 없는 것보다 할 수 있는 게 더 많다는 사실을 일깨워준 사람들을 떠올리면서.

제 지시는
일부러 따르지 않으시는 건가요?

오랜만에 홍동초 어린이들과 경기를 했다. 그 사이 겨울이 왔고 날씨를 핑계로 훈련도 많이 쉬었다. 1월 한 달은 축구팀 공식 방학, 한 주는 개인 사정으로 휴식, 또 한 주는 설 명절 휴식, 바로 전주에는 훈련 도중 비가 와서 1시간도 못 뛰고 해산. 거의 두 달 가까이 쉰 셈이다. 최근에는 내내 비가 오면서 일주일 가까이 흐린 날씨가 이어지니 몸도 찌뿌둥했다. 이런 몸으로도 시합을 하는 것이 괜찮을까, 운동장에 나가기도 전에 걱정이 앞섰다. 그러나 우리 팀에게 매치가 자주 오는 기회도 아니고 패배 또한 익숙하니 괜찮겠지 싶었다.

봄볕이 들기 시작했지만 아직 날이 찼다. 나는 집에서 나오기 직전에 다투는 아이들을 말리느라 오늘도 지각을 했다. 헐레벌떡 운동장으로 가보니 봄봄, 조조, 비빔, 뻔뻔 그리고 신입 부원인 경희와 고운이 먼저 도착해 있었다. 나까지 총 일곱 명. 풋살 경기를 하기로 했으니 다섯 명의 선수 외에도 두 명의 교체 선수가 있는 것이다. 조금 안심이 됐다. 그러다 고개를 돌려 상대 팀을 보니 다시 주눅이 든다. 방학 사이 아이들의 키가 훌쩍 큰데다 절반 이상이 예비 중학생들이었다. 아이들도 방학이라 몸이 근질근질했는지 많이도 나왔다. 전체 인원이 우리의 두 배 이상이다. 다시 고개를 돌려 긴장한 듯 소심하게 점프를 하고 있는 우리 팀을 본다. 다 함께 발을 맞춰 본 지도 너무 오래되었다. 게다가 고운과 경희는 축구를 시작한 지 1년이 채 안 되었고, 몇 년간 발 맞춰 오던 은근은 자체 휴가, 수인은 부상, 거미손 골키퍼 노지는 지역을 떠났다. 다시 마음이 심란해진다.

오락가락하는 마음을 안고 우리 팀 사람들과 몸을 풀었다. 두 줄로 서서 운동장 두 바퀴를 뛰고 코치님의 안내에 따라 간단히 패스 연습, 슈팅 연습을 하며 기본 훈련을 했다. 얼추 몸을 풀고 동그랗게 둘러 모여 오늘 경기를 어떻게 진행할지 이야기를 나눴다. 나는 쪼그라든 마음으로 우리가 저 친구들을 상대로 뭐라도 해보려면 상대에게 핸디캡을 주고 시작해야 하는 것 아니냐고 제안했다.

"홍동초 팀한테 얘기해서 우리 팀 인원을 한두 명 더 늘려서 하는 건 어때요? 우리 너무 오랜만에 하는 경기이기도 하고 그래야 뭐라도 할 수 있을 것 같은데. 그렇게 해도 우리가 지겠지만요."

옆에 있던 봄봄과 고운이 맞장구를 쳐주었다.

"그럴까?"

"맞아, 그게 좋을 수도 있어."

그런데 건너편에 있던 부주장 조조가 사뭇 진지한 얼굴로 반대 의견을 냈다.

"난 그래도 동등하게 했으면 좋겠어요. 우리 지난번 대회 때도 그렇고, 앞으로 풋살에도 좀 익숙해져야 할 것 같아요. 지더라도 똑같이 해요. 해보고 너무 어려우면 그때 바꿔요."

분위기가 조금 숙연해졌다. 의견을 제안한 나도 아주 작은 목소리로 "괜찮을까…" 중얼거리면서도 '그래 맞아. 이기려고만 하는 건 아니니까' 하고 생각했다.

경기 시작 5분 전. 민달팽이 코치님은 우리에게 오늘 맡을 포지션과 지시 사항에 대해 전달했다.

"보시다시피 상대는 이제 중학생이 된 친구들도 많고 피지컬로나 기술로나 우리는 상대가 되지 않습니다. 그러니까 우리는 이거 하나만 기억하고 실행하는 것을 목표로 합시다. 기본기. 정확하게 받고 정확하게 준다. 이것만 기억하세요. 승패에는 너무 연연하지 말고 우리는 그냥 우리 할 것만 하는 겁니다."

그렇게 1쿼터에 들어갔다. 예상대로 아이들은 안정적인 개인기와 패스 워크를 뽐내며 우리를 요리조리 잘도 피해 다닌다. 그리고 기본에 충실하자는 민달팽이 코치님의 지시를 성실하게 수행하는 것 역시 아이들이었다. 아이들의 볼 트래핑은 안정적으로 발아래 떨어졌고 주고받는 패스 또한 보내려는 곳에 정확하게 갔다. 그에 비해 우리의 볼 트래핑은 사방팔방으로 튀어 나가고 패스한 공은 자꾸 상대를 향해 가고 있었다. 우리는 아이들이 깔끔하게 주고받는 공을 쫓아다니느라 정신이 없고, 공격은커녕 막아내기에도 벅찬 상황이 이어졌다. 그렇게 1쿼터에만 네 골을 먹혔다. 오늘 뛴 친구들의 선배 격인 아이들과의 첫 경기에서 13:0으로 졌을 때가 스물스물 떠오르기 시작했다.

코치님은 1쿼터 경기를 보고 우리가 기본조차도 되지 않는다는 것을 실감했는지, 갑자기 작전을 짜기 시작했다.

"수고하셨습니다. 괜찮아요, 잘하셨습니다. 기본이라는 게 사실 참 쉽지 않습니다. 그리고 역시 상대가 강하네요. 이번엔 작전을 하나 짜보겠습니다. 최대한 앞선으로 공을 보내고 라인을 높여 봅시다. 정확하게 컨트롤이 되지 않더라도 앞쪽에서 부비다 보면 상황이 만들어질 수도 있을 것 같습니다."

그렇게 2쿼터를 시작하려는데 경기장에 들어가 상대와 마주 서고 보니 코치님이 파악하지 못한 사실을 알게 되었다. 상대는 우리보다 인원이 많은 팀이고, 앞 경기에서는 비교적 어린 친구들이 경기를 했다. 그 말은 이번에 뛸 친구들은 1쿼터 때보다 더 고학년 친구들이 뛴다는 소리다. 고학년 친구들과의 경기는 당연하게도 방금 전 경기보다 더 힘들고 어려웠다. 그들의 공을 막아 내느라 더욱 정신이 없었고, 그래서 코치님의 작전 지시는 따를 수도 없었을뿐더러 기억조차 나지 않았다. 코치님이 밖에서 "제 지시는 일부러 따르지 않으시는 건가요?"라고 소리쳤던 것 같은데, 그때는 그런 걸 듣고 판단한 겨를이 없었다.

 게다가 2쿼터 골키퍼를 맡게 된 봄봄은 정식 풋살 경기 키퍼를 보는 것이 처음이었다. 풋살은 축구와는 다른 규칙이 많은 데다, 골키퍼는 골키퍼만의 규칙이 있어서 더 헷갈렸다. 제대로 규칙 설명을 듣지 못하고 들어온 봄봄은 주변에서 얼핏얼핏 들리는 소리에 맞춰 경기를 운영하다 보니 공을 손으로 받아도 되는지, 누구 건 받고 누구 건 받으면 안 되는지, 받은 공은 손으로만 던져야 하는지, 골킥은 찍어서 차도 되는지 같은 것들을 헷갈려 했다. 그렇게 뒤에서 골키퍼와 수비수들이 우왕좌왕하는 사이 우리의 실책으로 연달아 두 골을 먹혔다. 게다가 앞에 있는 미드필더와 공격수들은 자신의 지나간 플레이에 대한 회상과 이해를 구하는 얘기들로 경기에 집중을 하지 못하고 있었다. 경기장에서 항상 말 좀 하라는 얘기만 듣던 우리를 향해 코치님과 매니저님이 "말 하지 마! 경기에 집중해!"라고 소리치고 있었다. 두 골을 먹힌 후 이제 헷갈리는 것은 아예 하지 않겠다고 작정한 봄봄 덕분에 위험했던 수많은 골들을 막아냈지만 결국 또 우리는 아무것도 해보지 못하고 앞 경기와 같은 스코어로 2쿼터를 마무리했다.

2쿼터가 끝나고 나서야 코치님은 자신의 작전이 실패했다는 것을 깨달았는지, 아니면 우리에게 더 이상의 작전과 조언이 소용없다는 것을 깨달았는지 연신 괜찮다는 말만 해주었다. 코치님의 선택은 옳았다. 정말로 더 이상 코치님의 작전이나 조언이 귀에 들어오지 않았기 때문이다. 그래도 언제나 좋은 말만 해주던 코치님의 따끔한 한마디는 기억에 남았다.

"여러분, 다 잘하셨는데 딱 한 가지만 쓴소리하겠습니다. 경기에 집중하세요. 특히 경기 진행에 필요하지 않은 말은 경기가 끝나고 나서 하세요. 저는 방금 경기에서는 그 부분에 화가 좀 났습니다. 경기에 필요하지 않은 말을 너무 많이 했어요."

그 말을 듣고 조조가 말했다.

"우리가 지금 매치도 그렇고 이렇게 만난 것 자체도 오랜만이라 자꾸 경기장 안에서 오해를 풀려고 했던 것 같아요. 경기에 집중하기! 오해는 밖에서 풀기! 명심하겠습니다."

그러나 우리가 아무리 각성해도 실력이 갑자기 늘 수는 없는 법. 이후 진행된 3, 4쿼터도 비슷한 양상으로 경기가 끝나가고 있었다. 나는 4쿼터 말쯤 돼서도 우리가 계속 수비만 하느라 정신없는 상황에 슬슬 신경질이 나기 시작했다. 4쿼터에 윙 포워드를 맡은 나는 어느 순간 '내가 그냥 공격 진영에만 있어 볼까?' 하는 생각이 들었고 나의 잘못된 판단은 더 이상 수비를 하지 않겠다고 마음을 먹는 지경에 이르렀다. 그런 나를 보고 코치님이 "해원! 뛰어 주셔야 해요!"라고 소리쳤다. 나는 "네!"라고 씩씩한 척 소리쳐 놓고도 혼자만의 고집을 부리다 결국 교체되었다. 걸어 나오는 나를 보고 코치님이 말했다.

"해원, 체력이 바닥났나 봐요. 더 이상은 안 되겠네요."

나는 속으로 '그런 거 아닌데…'라고 생각했지만 뭐라고 변명할 기분도 안 들어서 "별로 힘들진 않았어요" 하고 말았다. 얼마 지나지 않아 누군가의 작은 부상으로 경기가 중단되면서 결국 흐지부지 마무리되었다.

경기가 끝나고 나니 여러모로 처참한 기분이 들었다. 패배감과 열등감을 잔뜩 안고 돌아오는 차 안에서 입밖으로 이런 말이 튀어나왔다. "그래, 축구가 원래 이렇게 어려운 거였지." 이런 감정도 오랜만이다. 마음이 좀

처럼 나아지지 않아 노지에게 전화를 걸었다. 노지가 전화를 받자마자 나는 볼멘소리를 쏟아 내었다.

"노지, 오늘 홍동초랑 경기하고 왔는데 너무 힘들었어."

노지가 놀란다.

"왜! 몇 대 몇으로 졌는데?!"

결과를 말하지 않았는데도 당연하게 우리의 패배를 묻는다.

"몰라. 몇 골이 들어갔는지도 모르겠어. 그냥 엄청나게 먹혔고, 우리는 한 골도 못 넣은 데다 아무것도 못 했다는 게 너무 처참해. 너 생각도 많이 났고… 못 나온 친구들 생각도 많이 났고… 마음도 심란하고 그래서 그냥 전화해 봤어."

"아이고… 어쩌냐…"

하고 싶은 말은 많았으나 노지도 이사로 바쁘고 나도 저녁 준비를 해야 해서 이만 전화를 끊었다. 그래도 한동안 같은 팀으로 뛰어봐서인지 간단한 상황 전달만으로도 노지는 나의 참담한 마음을 이해했다.

노지와의 통화로 잠시 안정을 취하긴 했지만 마음이 계속 심란했다. 시합에서 졌다는 것보다 우리가 그동안 쌓아 온 것들을 잘 하지 못했다는 점이 속상했다. 특히 경기장 안에서의 소통이나 이해 같은 부분이 잘 되지 않았던 것들이 자꾸 머릿속에 맴돌았다. 요즘 훈련에 나오지 못하고 있는 친구들과 반반FC를 거쳐 간 여러 친구들의 얼굴이 떠올랐다. 그들과 뛰었던 많은 날을 생각했다. 우리는 서로 다른 마음의 크기와 방향으로 뛰고 있고 우리만의 속도로 축구를 즐기고 있으며 그게 우리의 색이고 우리만의 방식이라고 생각해 왔는데 오늘은 문득 두려운 마음이 들었다. 우리는 이곳에서 언제까지 함께 축구를 할 수 있을까.

축구가 여전히 어렵다. 뭔가 알 것 같은데 막상 뛰어 보면 전혀 모르겠는 날이 있고 전혀 모르겠는데 뛰면서 갑자기 깨우치게 되는 날도 있다. 그럼에도 '이게 정답이야!'라고 생각한 적은 한 번도 없는 것 같다. 그저 오늘도 내일도 운동장 안으로 뛰어들어가 보는 것이 내가 할 수 있는 유일한 일이다. 이렇게 계속 뛰다 보면 언젠가 축구가 쉬워지는 날이 올까. 그날이 언제가 될지 그런 날이 오긴 올지 그때까지 반반FC가 계속 유지는 될지 지금은 아무것도 알 수 없다. 그런 생각에 마음이 어두워지려는데 반반FC 단톡방에 알람이 울린다.

[훈련 공지] 3월 10일 일요일 오후 2시 홍동중 운동장 훈련합니다. 일 년 중에 운동하기 좋은 시즌이 봄이에요. 아끼지 마시고 나오세요~^^

그 밑으로 참여 댓글이 하나둘 달린다. '참1'부터 '참5'까지 달리더니 '참9'까지 이어졌다. 올해 들어 가장 많은 인원이다. '그래도 올해는 팀이 계속 유지되겠군' 하고 생각했다. '이렇게 같이 뛰다 보면 다음에는 조금 더 나아지겠지.' 다독여도 본다. '다음에 홍동초랑 경기 할 때는 적어도 치욕은 당하지 않으리라.' 비장하게 다짐도 해 본다. 이러다 결국 나는 또 어렵고 답도 없는 축구를 하러 매주 운동장으로 나갈 것이다. 운동하기 좋은 계절이니까, 근육을 키워야 하니까, 친구들이 보고 싶으니까, 이기고 싶으니까, 무엇보다 축구가 좋으니까. 올해도 그렇게 축구하기 힘들었던 겨울이 지나간다. 어느새 운동하기 좋은 계절, 봄이 왔다. 사람들도 하나둘 다시 운동장으로 모여들고 있다. 어두웠던 생각은 금세 걷히고 다시 공을 차고 싶어 발가락을 꼼물거린다.

게 까씨는 일부러 따르지 않으씨는 건가요?

축구는 팀 스포츠!

단발에 풍성한 곱슬머리인 내가 오랜만에 반 묶음을 하면 남편은 말한다.

"당신, 안정환이야?"

큰아이가 학교 도서관에서 책 나눔을 하는 날 엄마를 위해 골라 온 책 제목은 이랬다.

《공포의 축구단》

둘째 아이는 교실에서 열린 아나바다 행사에서 엄마를 위한 선물로 이런 것을 사 왔다.

'맨체스터 유나이티드 로고 메모패드'

우리 가족들은 알고 있는 것이다. 내가 축구에 얼마

나 진심인지.

매주 일요일은 훈련이 있는 날이다. 나는 금요일까지 할 일이 끝나지 않으면 축구를 하러 가지 못할까 봐 마음이 급해진다. 축구 시청 시간에 맞춰 취침 시간과 기상 시간이 정해지고, 훈련 전날에는 술도 마시지 않는다. 나의 모든 일정과 생활이 축구를 중심으로 돌아간다. 이쯤 되면 나도 내가 궁금해진다. 나는 왜 이토록 축구에 진심일까?

이렇게나 축구에 진심인 내게 며칠 전 미니 게임을 하는 도중 '축구를 그만둬야 하나' 하는 생각이 불쑥 떠올랐다. 처음 있는 일이라 당황스러웠다. 그동안 축구를 하며 자책하거나 실망한 적은 있어도 하기 싫다고 생각한 적은 없었기 때문이다.

그날 훈련에는 원년 멤버들이 많이 왔다. 오랜만에 그들과 한 팀이 되어 경기를 하는데 나만 너무 못하는 것 같은 기분이 들었다. 기분이 아니라 실제로 그랬다. 그날 나의 플레이는 엉망이었다. 볼 컨트롤도 제대로 못하고, 패스 타이밍을 놓치고, 이상한 곳으로 패스를 보냈다. 한두 번도 아니고 경기 내내 그랬다. 공이 자꾸 이상한 곳으로 가니까 점점 위축됐다. 의지가 꺾이기 시작했다. 몸도 무거워졌다. 중요한 건 꺾이지 않는 마음이랬는데, 몸과 마음이 모두 꺾여 버렸다. 자꾸 친구들이 달려 나가 열심히 수비하는 모습을 멀리서 지켜보기만 했다. 우리 팀의 분위기 메이커를 담당하고 있는 나는 신나게 웃고 소리도 열심히 질렀지만, 사실 다 가짜였다. 경기가 끝나고 집으로 돌아오는 길에는 당분간은 훈련을 좀 쉬어야겠다고 생각했다.

　꺾인 마음으로 우울한 날을 보내고 있는데 은근에게서 연락이 왔다. 가까운 곳에서 풋살 대회가 열린다고, 우리도 참여해 보는 게 어떠냐는 연락이었다. 처음으로 우리 팀 이름으로 공식 대회를 나갈 수 있는 기회가 생긴 것이다. 인원 수나 정보 부족으로 항상 남의 팀에 껴서 대회에 참여했던 우리는 우리 팀 이름으로 대회에 나가는 것에 갈증이 있었다. 사람들이 들썩이기 시작했다. 선착순 접수라 오래 고민할 틈도 없이 인원을 모아 대회 신청서를 냈다. 신청서에 써 있는 이름을 보니 설레는 기분과 함께 의지가 다시 솟아올랐다.

　신청서를 내고 나는 요 며칠 힘들었던 마음을 담아 장난 반 진담 반 단톡방에 이런 메시지를 올렸다.

어제 축구하고 돌아와서 그만둬야 하나 하고
있었는데… 나를 또 이렇게 자극하는 축구…
블랙홀 같은 녀석… 후후…

잠시 후 민달팽이 코치님에게 전화가 왔다.

"왜요! 누가 괴롭혀요?!"

코치님도 웃고 나도 웃었다. 나는 괜히 더 투정을 부린다.

"제가 문제예요, 제가. 저는 왜 맨날 이 모양일까요?"

코치님은 언제나처럼 헷갈리게 답을 한다.

"문제의 원인을 자신에게 찾는 건 좋은 자세지만 그게 다는 아닐 수 있어요. 팀이나 제가 같이 해결해야 하는 문제일 수도 있죠."

코치님과 주장인 나는 팀을 이끄는 사람으로 함께 파트너십을 맺고 지내온 지 벌써 3년이 넘었다. 자세히 설명하지 않아도 충분히 이해할 수 있다. 코치님의 말뜻은 팀과 자기도 함께 도울 테니 혼자 앓지 말라는 얘기다. 위로가 됐다.

코치님과 이야기를 나누면서 축구에서 나타나는 어려움이 꼭 축구 실력의 문제만은 아닐 수도 있겠다는 생각도 들었다. 경기장 밖에서 일어나는 일들이 원인이 될 수 있다. 돌아보니 최근에 해야 할 일이 많았다. 갑자기 결정해야 하는 일, 마감이 얼마 남지 않은 일, 원래 많은 집안일 등으로 허둥대고 있었다. 그것도 마음이 지친 원인 중 하나가 될 수 있겠다 싶었다. 그렇게 생각하니 마음이 좀 놓였다. 갑자기 축구가 싫어진 건 아니었구나. 안심이 됐다. 전화를 끊으며 코치님은 이제 우리는 굿 파트너가 된 것 같다고 했고, 나는 환상의 짝꿍이라고 말했다.

이어서 같은 팀 친구 봄봄에게도 전화가 왔다.

"해워어어어어어어어어어언!"

다른 말 없이 내 이름 한 글자를 길게 늘여 부르는 것만으로도 그가 얼마나 안타까워하는지 느낄 수 있었다. 그동안 축구를 하며 내가 자책하는 모습을 가장 많이 봐온 친구다. 어제 훈련 포지션상으로도 내 바로 옆에서 뛰었던 친구이기도 하다. 심성이 착한 봄봄은 느닷없이 혹시 어제 자기가 놀려서 그런 거냐고 물었다. 나는 절대 아니라고, 뭐라고 놀렸는지 기억도 나지 않는다고 말했다. 코치님에게 털어놨던 이야기를 봄봄에게도 이야기했다. 이야기를 듣고 봄봄이 말했다.

"그래도 해원이 아직 축구에 대한 애정이 사라진 건 아니라서 다행이다!"

봄봄도 나와 같은 마음이다. 봄봄은 풋살 대회를 준비하면서 마음도 실력도 다시 잘 끌어올려 보자고 말했다.

전화를 끊고 '스포츠의 매력이 이런 건가' 하고 생각했다. 잘하고 싶은 마음이 있는 사람은 꼭 한 번씩 한계에 부딪힌다. 부딪힌 다음에는 별수 없이 결과가 나온다. 그것이 시합이든 자기 자신과의 싸움이든 반드시 승패는 나게 되어 있다. 그리고 그것을 인정해야만 다음이 있다.

TV로 프로 선수들이 뛰는 모습을 보며 느꼈다. 큰 경기를 뛰든 작은 경기를 뛰든, 잘한 경기 후에든 실컷 말아먹은 경기 후에든 어김없이 다음 경기가 있다. 선수들은 그것을 너무나 잘 알고 있었다. 아무리 실망하고 분해도 그다음 스텝을 밟아야 한다는 것, 대승을 하거나 대패를 하거나 다음날이면 어김없이 같은 시간에 일어나 훈련을 받아야 한다는 것을. 나는 그동안 '안 되도 되게 하라!'는 식의 삶의 태도를 지니고 살았다. 그 태도는 축구를 보거나 할 때도 고스란히 나타났다. 그런데 어떠한 상황에도 다음을 준비하는 선수들을 보면서 '끝난 건 끝난 거야', '인정하고 다음으로 넘어가' 같은 스포츠인의 태도를 배웠다. 그래야 다음이 있으니까.

무엇보다 축구 같은 팀 스포츠는 무슨 일이 있어도 함께 성장해야 한다. 내가 처음 축구를 하러 나갔을 때 축구는 다 좋은데 이 부분이 별로라고 생각했다. 나 하나 성장시키기도 바빠 죽겠는데 어느 세월에 다 같이 성장하나. 나는 여러 의미로 우리 팀은 참 이상하다는 말을 자주 하는데, 처음에는 더 이상하다고 느꼈다. 자꾸 시합이 끝나면 서로의 마음을 물었기 때문이다. 어떤 점이 좋았는지, 어떤 점이 힘들었는지, 앞으로 어떻게 했으면 좋겠는지 등등. 나는 그 시간이 너무 불편했다. 그래서 자주 도망쳤다. 거기 앉아 있을 시간이 없기도 했지만 그 시간이 너무 아깝게 느껴졌던 것도 사실이다.

되돌아보면 그 시간들이 지금의 우리 팀을 만든 것 같다. 이제는 각 잡고 서로의 마음을 물어보지 않아도 알 수 있다. 우리는 언제든 서로의 의견을 말하고 들어줄 준비가 되어 있다. 그만두고 싶다는 투정 어린 말 한마디에 무슨 일이 있냐며 물어봐 주고 같이 해결해 나가자는 친구들이 있다. 이제는 그 친구들이 있어 축구를 나간다. 기쁘고 슬프고 괴로웠던 것들이 모두 추억이 되어 간다. 나는 우리 팀이 이상해서 좋다. 이제는 정말 한 팀으로 같이 성장해 나가고 싶다. 이제는 축구가 좋은 건지 우리 팀이 좋은 건지 헷갈린다.

축구하는 언니들

우리 팀이 창단한 지 1년이 좀 넘었던 어느 가을. 볕이 좋고 선선해 운동하기 좋은 날들이 이어지고 있었다. 평균 연령 30대 중후반 정도 되는 우리 팀에 처음이자 (아직은) 유일한 50대 언니인 바다가 반반FC를 찾아왔다. 커다란 장바구니와 함께 등장한 바다는 쉬는 시간에 같이 먹자며 간식거리를 한가득 챙겨왔다. 장바구니 안에는 커다란 반찬 통 세 개가 들어 있었고 그 안에는 각각 사과, 포도, 밤이 바로 집어먹을 수 있게 손질되어 담겨 있었다. 장바구니에서 반찬통을 꺼내고, 그 반찬통을 열어서 음식을 꺼내 보이기까지의 과정을 지켜

보고 있으니 마치 마트료시카 인형을 보고 있는 듯했다. '다음엔 뭐가 나올까?' 하는 기대로 바다가 장바구니에서 음식을 꺼내는 모습을 지켜보았다. 바다가 정성스럽게 준비해 온 제철 간식들을 보며 시골의 가을은 운동하기도 좋고 먹을 것도 많은 멋진 계절이라고 생각했다.

나는 운동을 하기 1시간 전부터 끝날 때까지 음식을 잘 먹지 않는 편인데 그날의 간식은 도저히 먹지 않을 수 없었다. 어느 무더운 여름날 축구 하다 먹은 수박과 복숭아처럼 달콤했다. 나는 그때와 마찬가지로 '제철 음식 짱이야, 축구 짱이야, 바다 짱이야'를 속으로 연신 외치며 정신없이 먹었다. 그날 함께 훈련을 하던 사람들은 푸짐하고 달달한 그 간식들을 먹느라 정신이 팔려 작전판을 손에 들고 무언가 열심히 알려주고 있는 코치님의 말을 거의 듣지 못했다. (어쩌면 간식 때문이 아닐지도 모른다.)

그 기억이 너무 따뜻하고 달콤해서 나는 아직도 바다를 볼 때면 그 커다란 장바구니와 알록달록한 간식들이 떠오른다. 사실 내가 굳이 떠올리지 않아도 그 커다란 장바구니는 너무나 자주 운동장에 등장한다. 장바구니 안에는 바다가 직접 농사지은 여러 가지 농산물들이 항상 가득하다. 양파, 파, 마늘, 고구마, 감자 등등. 지난번도 대회에 나가 다른 팀에서 훈련을 하던 중 상대 팀 누군가 초콜릿을 선물해 줬는데 그때 우리는 괜히 받기만하는 것이 미안해 이런 이야기를 나누었다. "우리 팀에 오면 바다가 주는 농산물 받아 갈 수 있는데." 그때 나는 어쩐지 바다의 장바구니까지 우리 팀의 일부가 되어 버린 것 같아 괜히 혼자 웃음이 났다.

바다가 첫 훈련을 마치고 돌아간 날 우리 팀 단톡방에 이런 메시지를 남겼다.

환영해 주어 감사해요. 할까 말까 고민하다 용기
냈어요. 도전 안 하면 후회할 거 같아서요. 50대
중반을 넘어서고 있어서 이제는 운동을 해도 다치고
안 해도 다치는 나이가 되었거든요. 뭔 이야기인지
모를 거예요. 나이를 먹어봐야 아는 거라~ 그래서
욕심내지 않고 하려구요. 선수로 뛰기보다 같이
운동하는 것 자체를 즐기면 되겠지요. 두 번 연습에
참여하고 있는데 컨디션은 좋아요. ~^^

다행히 바다는 지금까지 꾸준히 훈련에 나오고 있다. 바다가 팀을 나가거나 부상당하는 일 없이 꾸준히 나올 수 있었던 이유는 그가 했던 말처럼 욕심내지 않고 운동하는 것 자체를 즐길 거라는 말을 잘 지켜왔기 때문이다. 바다는 어떤 날은 훈련만 하기도 하고, 어떤 날은 구경만 하기도 하고, 어떤 날은 쉬기도 하면서 자신의 몸을 잘 살펴 가며 축구를 한다. 어떠한 상황에도(할 일이 쌓였어도, 부상을 당해도, 피곤에 쩔어 있어도) 축구를 나가야만 하는 나의 축구가 투쟁이라면 바다의 축구는 언제나 평온하다.

바다의 등장으로 왕언니 자리에서 내려오게 된 비빔이 바다의 메시지 아래 한마디 덧붙였다.

> 제가 바다 다음으로 나이가 많은데요ㅎㅎ 저도 환갑 넘어서까지 축구하고 싶어요~~~ 건강하게 함께 뛰어요~~

비빔이 처음 입단했을 때도 기억난다. 그때는 겨울 무렵이었다. 두껍고 커다란 생활한복 바지 안에 여러 겹의 바지(레깅스가 아니다)를 입고 있었고 뛰다가 몸이 데

워지면 그 바지들을 한 겹씩 벗었다. 훌렁훌렁 바지를 벗는 모습을 보며 과연 어디까지 벗을 것인지 조마조마한 마음으로 보았던 기억이 있다. 비빔은 우리 팀에서 가장 성실하고 열심히 축구를 하는 사람이다. 비빔의 주 포지션은 센터백으로 이제는 반반FC에서 빠지고 싶어도 빠질 수 없는 멤버다. 지난번 청양풋살대회에서 비빔이 코치님께 손을 번쩍번쩍 들며 교체 신호를 여러 번 보냈음에도 결코 빼주지 않았던 그 순간이 아직도 눈에 선하다. 마을에서 오랜 시간 침뜸을 배운 비빔은 누군가 몸이 좋지 않을 때마다 몸에 침뜸을 놔주고 여러 식이요법 정보를 공유한다. 동료들이 앞으로도 건강하고 오랜시간 함께 뛸 수 있도록 최선을 다하는 모습에 감동하여 우리는 비빔을 팀닥터로 임명했다.

나는 비빔의 메시지를 보기 전까지 비빔이 왕언니인 줄도 몰랐다. 우리 팀 사람들은 대부분 별명을 부르고 서로 존댓말을 하고 있기 때문에 서로의 정확한 나이를 모른다. 지금 부르고 있는 팀원들의 별명도 평소에 실제로 쓰는 별명이다. 이름도 나이도 때론 성도 모르고 지내다 뒤늦게 알게 된 경우가 많다. 대충 누가 언니다 정도만 우연한 정보를 통해 알게 된다. 나는 존댓

말이든 반말이든 평어든 그 언어를 사용하는 사람들과의 관계와 태도가 무엇보다 중요하다고 생각하는데, 그런 면에서 우리 팀은 매우 수평적이다. 아이들과 진지하게 축구를 하고, 정확한 이름도 나이도 때론 성도 잘 모른 채 수년간 함께 축구를 하고 있는 우리의 관계는 수평적이다 못해 매번 360도 회전하고 있는 것 같은 기분마저 든다. 특히나 위계질서가 강한 스포츠 세계에서 이렇게 대중없는 관계로 뛰는 사람들이 또 어디에 있을까.

이런 대중없는 관계를 선호하는 나지만, 언니라는 호칭은 좋아서 계속 쓴다. 더 자주, 더 많이 쓰고 싶다. 그 단어가 그냥 좋아서 의미나 뜻에 상관없이 이곳저곳에 갖다 붙이기도 한다. 언니라는 말 속에 나이와 위계를 넘어서는 친근함이 있기 때문이다. 내가 첫째로 태어나 항상 언니의 입장이었어서 그런지 언니라고 부를 수 있는 사람을 만나면 그저 반갑기만 한 마음도 있다. 우리와 가장 박빙의 대결을 펼치고 있는 '달풀'의 소속 단원들은 같은 동네 풀무농업고등기술학교에 다니고 있는 고등학생 친구들이다. 풀무학교에서는 남녀를 따지지 않고 손위 선배에게 모두 '언니'라는 호칭을 사용한다.

원래 '언니'라는 말은 순우리말로 '자신보다 나이가 많은 형제를 통틀어 이르는 말'이라는 뜻을 가지고 있다. 50년대 말까지는 흔히 쓰던 말이었는데, 풀무학교는 개교 당시 부르던 이 호칭을 지금까지 그대로 이어 오고 있다. 시골에서 흔히 쓰던 말이었고, 여자와 남자를 가리지 않는다는 점에서 그 호칭을 쓰는 친구들을 보면 정겹고 기분좋다.

어쨌거나 나는 이곳저곳에 언니라는 말을 붙이는 걸 좋아하는데, 특히 축구를 하다 보면 언니라고 부르고 싶은 사람들을 많이 만난다. 잘하면 다 언니 같아 보이는 것도 있지만 나이가 들어서도 꾸준히 축구를 하고 심지어 잘하기까지 하는 진짜 언니들을 만나면 나는 쉽게 마음을 빼앗긴다. 여러 대회에 참여하며 놀랐던 점 중 하나는 그런 언니들이 생각보다 많다는 사실이었다. 정확히 알 수는 없지만 대략 50대쯤 되어 보이는 그 언니들은 경기를 시작하면 대부분 표정이 괴로워진다. 그러나 일그러진 표정에 반해 움직임과 기술은 야무지고 유려하다. 무엇보다 그들의 여유로운 플레이를 보면 감탄을 금치 못한다.

한번은 전라도의 어떤 팀과 시합을 했는데 키는

150센티미터 정도 되어 보이는 작은 체구에 나이는 50대 초 중반쯤 되어 보이는 언니가 주장 완장을 차고 있었다. 경기 시작 전 인사를 나눌 때는 수줍음 많고 귀여운 아이처럼 보였는데, 경기가 시작되니 장군이 따로 없었다. 귀엽게 웃고 있던 그 언니의 미간은 인상을 하도 써서 11자 주름이 새겨졌고, 전라도 사투리처럼 시원시원한 킥과 끈덕지게 주고받는 패스 플레이가 일품이었다. 나는 또 반하고 말았다. 시합이 끝나고 더 이상 그 언니의 플레이를 볼 수 없다는 것이 아쉬웠다. 시합이 끝나고 상대 선수들과 악수를 하며 그 언니와 악수할 차례만 기다렸다. 마침내 그 언니와 손을 맞잡은 순간, 나는 이렇게 외쳤다.

"언니처럼 축구하는 게 꿈이에요!"

그 말을 들은 전라도 언니는 강인했던 경기장에서의 모습은 온데간데없이 처음 본 모습 그대로 무척이나 수줍어하며 손사래를 쳤다.

"아유, 무슨 말씀을. 아니에요, 아니에요."

돌아서 멀어져 가는 그 언니를 보며 '저 언니는 언제부터 축구를 했을까, 지금은 얼마나 하고 있고 어떻게 하고 있을까, 저 언니도 나도 앞으로 얼마나 더 축구를 할 수 있을까' 같은 생각을 했다.

　지난번 도 대회가 끝나고 우리 팀 동료 뻔뻔은 이런 메시지를 남겼다.

> 이런 얘기 하면 웃기지만… 제가 올해 40살이
> 되었는데 이번에 대회를 뛰면서 얼마나 더 축구할
> 수 있을까 생각이 들면서… 할 수 있을 때 열심히
> 해서 50살까지는 원하는 포지션에서 경기를 많이
> 해 보고 싶다는 마음이 들었어요^^ 그 후엔 뒤에서
> 서포트하며 살살 해야 될 것 같다는^^;;;

나는 지난번 비빔의 말을 떠올리며 답했다.

> 무슨 소리예요! 우리 환갑까지 같이 축구해야죠!

이렇게 말하며 나는 우리 팀 동료들이 환갑이 넘어서도 축구를 하는 모습을 상상했다. 그동안 함께 피치 위를 뛰었던 멋있는 언니들도 함께 떠올렸다. 환갑이 넘어서도 피치 위를 달리고 있는 그 언니들을 생각하면 가슴이 힘껏 달아오른다.

부상을 안고 뛰는 법

집에서 2층 계단을 내려오다 미끄러져 발바닥이 찢어졌다. 살짝 미끄러졌는데 하필이면 거기 놓여 있던 기타 스탠드를 밟았다. 단단하고 각진 쇠붙이로 만들어진 물건이었다. 그것을 콱 밟는 순간 왼쪽 발바닥에 지름 3센티미터 정도의 살점이 떨어져 나갔고, 그 자리에 10년 넘게 자리 잡고 있던 티눈이 함께 찢어지는 바람에 상처가 두 배로 커졌다. 나는 벌겋게 드러난 속살에 놀라고 거기서 쏟아지는 피를 보며 더욱 놀랐다. 너무 놀란 나머지 머리가 핑 돌고 헛구역질이 나왔다. 아주 찰나의 일시적 기절 상태를 경험한 것도 같다. 지금 생각하면 이게 그럴 일이었나 싶어 창피하지만 아픔에 익숙하지 않은 나는 예고 없이 아픈 순간이 오면 이렇게 호들갑을 떤다. 급히 지혈을 하다 자고 있던 남편을 깨웠다. 남편은 내 상처를 들여다보며 말했다.

"그렇게 큰 상처는 아닌데 티눈이 같이 찢어지면서 상처가 커졌네. 내일 동네 의원 한번 가 봐야겠다. 선생님한테 상황 설명 잘하고 진료 받고 와."

일시적 기절 상태에서 깨어난 나는 흥분이 가라앉자 곧바로 내 상처보다 더 중요한 사실 하나를 떠올렸다. 반반FC의 첫 공식 대회 '청양군수배 풋살 최강전'이 2주밖에 남지 않았던 것이다.

평소 같았으면 내 발바닥의 민낯을 보여주는 것도, 고작 상처 치료를 하자고 병원에 가는 것도 부끄러워 주저했을 것이다. 부끄러움을 핑계 삼아 집에서 버티다 우연히 상황이 좋아지길 바라거나 더 악화되고 나서야 병원을 찾아갔을 것이다. 치료를 받으러 가야 하는 곳이 '우리동네의원(의료복지사회적협동조합)'이었기 때문에 더 창피하게 느껴졌던 것도 있다.

우리동네의원은 이름 그대로 협동조합 형태로 만들어진 작은 병원이다. 반반FC와 마찬가지로 '전국 유일의 면 단위 집단'이라는 공통점을 가지고 있어 혼자 내적 친밀감을 가지고 있는 곳이기도 하다. 우리 집 어린이들은 갓난아이 시절부터 동네의원을 다녔다. 그래서 선생님은 아이들이 어떤 질병 스펙트럼을 가지고 있는지를 훤히 알고 있다. 낯을 많이 가려 밖에 나가면 항상 엄마 뒤에 숨어 있거나 누군가 질문을 하면 목석이 되어 하늘이나 땅만 바라보는 우리 집 막내도 동네의원 진료실에만 가면 아무렇지 않게 신발을 벗어 던지고 침대 위로 올라간다. 나는 진료실에서 선생님과 우리의 관계를 의사와 환자 이상의 좋은 이웃이자 같은 목적지를 향해 가는 동료라고 느낀다.

거기에 동네의원 물리치료실이야말로 이 동네 축구인에게 꼭 필요한 곳이 아닐 수 없다. 내가 처음 물리치료실에 가게 된 것도 축구 때문이었다. 첫 장기 부상으로 무릎을 다쳤을 때였는데 물리치료실은 처음이었지만 치료사 언니는 잘 아는 사람이었다. 우리 집 둘째와 같은 반 친구의 부모이며 우리가 지금 살고 있는 집의 전 입주자이기도 했다. 처음 가본 동네 의원 물리치료실은 같은 해 경미한 교통사고로 다녔던 읍내 물리치료실에 비해 공간도 치료사 언니도 아주 작았지만 모든 것이 너무나 따뜻해서 잠이 잘 오는 곳이었다. 그곳에서의 숙면은 단순히 온도 때문이 아니었다. 진료 시간, 치료 방법, 다정한 치료사 언니의 목소리는 읍에서 받았던 물리치료(찜질과 전기 치료만 하고 끝나 버리는)와는 비교할 수 없을 정도로 높은 만족감과 편안함을 주었다. 그래서 나는 그날 이후 큰일을 치르고 몸과 마음이 만신창이가 되면 동네 의원 물리치료실에 간다. 물리치료사 언니의 다정한 목소리만큼이나 따뜻한 손길에 치료를 받는 내내 몸과 마음이 녹아내린다. 그곳에서 나오는 사람들의 부스스한 머리와 발그레한 볼을 보면 그들 또한 나와 같은 것을 느꼈다는 생각에 괜히 혼자 고개를 끄덕이곤 한다.

이런 내적 친밀감과 아름다운 관계를 유지하고 있는 곳에서 내 몸 가장 밑단에 있는 발바닥을 드러낼 생각을 하니 너무 창피했다. 그러나 나는 지금 첫 대회를 앞두고 있는 축구부 주장. 그런 것을 따지고 주저할 상황이 아니었다. 나는 창피함을 무릅쓰고 아침 일찍 동네의원에 갔다. 진료실로 들어가 선생님 앞에 앉은 나는 차분하게 자초지종을 설명했다. 선생님은 내 발바닥을 살피더니 꽤 심하게 다쳤지만 그래도 깊이 파이진 않아서 꿰매지는 않아도 될 것 같다고 했다. 하루에 한 번 약을 발라주고 혹시 모르니 항생제도 함께 먹는 게 좋겠다고 했다. 상처가 덧나지 않게 되도록 다친 발을 딛지 말라는 말도 친절히 덧붙여 주셨다.

드레싱 룸에 가서 간단한 치료를 받으며 나는 은근슬쩍 선생님께 물었다.

"언제쯤 상처가 좀 아물까요?"

"글쎄요. 일단 일주일 정도 지나면 붙긴 할 거 같아요."

나는 이때다 싶어 대뜸 물었다.

"축구할 수 있을까요?"

한없이 다정하기만 하던 선생님이 이번만큼은 단호하게 말했다.

"축구요? 축구는 절대 안 되죠."

내 기억으로는 선생님 입에서 '절대'라는 말이 나온 것이 처음이었다. 나는 단호한 선생님의 모습에 기가 죽어 "아, 당장 한다는 말은 아니고요…"라며 말끝을 흐렸다. 그러면서도 "제가 대회가 있어가지구…"라며 나름의 어필을 하기도 했다. 선생님은 여전히 고개를 갸웃거리며 일주일 정도 지나면 걸을 수는 있겠지만 "그래도 축구는…"이라며 선생님 역시 말끝을 흐렸다. 드레싱을 마치고 나는 다친 부위 특성상 부상 정도에 비해 과하게 절뚝거려야 하는 이 상황이 민망해 얼른 병원을 빠져나왔다.

마침 치료를 받은 날이 대회 준비로 추가 훈련이 있는 날이었다. 진료를 받고 집으로 향하는 길에 준비 운동을 하고 있는 팀원들을 만났다. 절뚝거리며 차에서 내리는 나를 보고 놀라는 팀원들에게 나는 다음 주면 나올 수 있을 거라는 자기 최면이자 염원이자 확신이 담긴 말을 하며 안심시켰다. 옆에 있던 은근 역시 나를 안심시켜 주고 싶었는지 한마디 거든다.

"그래도 주 발인 오른발이 아니라서 다행이네요."

그 역시 나처럼 축구에 완전히 몰입해 있는 사람이다. 나는 어쩐지 그 말이 너무 반가워 진료를 받던 때의 차분함은 내다 버리고 호들갑을 떨었다.

"그러니까요. 생각해 보니까 정말 그렇네. 사실 저는 지독한 오른발잡이라서 완전 오른발만 쓰거든요."

그러고는 "대충 상처만 좀 아물면 뛸 수 있을 것 같아요. 다음 주에는 꼭 올게요"라며 좀 아까 만난 동네의원 선생님의 의견과는 정반대의 확신으로 이유 모를 결의를 다지며 팀원들과 아쉬운 인사를 나눴다.

발의 상처는 다행히 심각한 부상이 아니었고, 주변의 도움을 받아 부지런히 회복에 힘쓴 덕에 대회에는 겨우 참여할 수 있었다. 만약 큰 부상으로 순탄하지 못한 과정을 겪었다면 생각만으로도 아찔하다. 그런 가정은 언제고 일어날 수 있다는 것을 너무나 잘 알고 있기 때문에 웃어 넘기기도 어렵다.

축구를 하다 보면 꼭 한 번씩 부상을 당한다. 나도 모르는 사이 정강이, 발목, 허벅지, 무릎, 팔 등 몸 여기저기에 생겨난 멍들이 몸에 그림을 그려 놓는다. 그래도 이런 타박상(멍의 크기나 색깔과는 상관없이)은 그나마 다행이라고 생각한다. 좀 아프더라도 뛸 수는 있기 때문이다. 이런 멍들이 때로는 내가 열심히 뛰었다는 훈장처럼 느껴질 때도 있다. 그러나 뼈나 연골, 근육과 같은 신체 구조적 문제가 생기면 상당히 우울해진다. 그때는 뛸 수가 없기 때문이다. 회복을 위한 장기 휴식에 들어가기까지 해야 한다면 절망한다. 우리 팀같이 항상 인원이 부족한 팀에는 누군가의 장기 부상 소식이 더욱 절망적이다. 기약 없는 회복기에 돌입해야 하는 친구들은 절망을 삼키며 다짐하듯 말한다.

"앞으로 더 오래 축구하기 위해 쉽니다."

누구보다 그 말의 쓴맛을 잘 아는 팀원들은 그저 무리하지 말고 잘 회복해서 돌아오라고, 기다리고 있겠다고 말해줄 수밖에 없다.

나도 장기 부상을 경험한 적이 있다. 오른쪽 무릎 위 슬개골이었다. 사실 나는 부상을 입기 전까지 슬개골이라는 부위가 있는지도 몰랐고 검색해 보기 전까지 '쓸개골'인줄 알고 있었다. 그때 나는 한창 슈팅 연습에 빠져 있었다. 축구를 배우고 경기를 할수록 공을 멀리 보내는 것이 생각보다 아주 어렵다는 것과 그것이 시합 중에 얼마나 필요한지를 느끼게 되어서였다. 무엇보다 골문 앞에서 힘 있고 정확한 슛을 날리고 싶었다. 평일 저녁 시간에 아이들과 근처 초등학교 운동장에서 슈팅 연습을 했다. 나중에 알게 되었는데, 슈팅 연습은 무릎에 무리를 많이 주는 운동이었다. 팀 훈련 중 미니 경기를 하다 자신감 있게 슈팅을 시도했는데 공이 아닌 땅을 걷어차면서 결국 다치게 되었다. 나는 바로 무릎이 이상하다는 것을 느꼈지만, 언젠가 은근이 했던 말처럼 '부상보다 무서운 것은 부상을 당해도 뛰고 싶은 마음'이었다. 나는 '뛸 수 있을 것 같은데?'를 여러 번 되뇌다 결국 경기장 밖으로 나왔다. 경기장 밖으로 나오면서도 좀 쉬면 나아질 줄 알았다. (그렇게 믿고 싶었던 것 같기도 하다.) 그러나 상황은 나아지지 않았고, 축구를 시작하고 처음으로 한 달 이상 축구를 쉬게 되었다.

절망적인 한 달의 시간을 보내고 떨리는 마음으로 운동장에 복귀했다. 그동안 나름 재활 치료를 열심히 해온 터라 회복에 대한 기대와 적당한 설렘, 그리고 약간의 어색함으로 운동장 한 바퀴를 뛰고 몸을 풀기 시작했다. 그런데 기대했던 것에 비해 무릎 상태가 좋지 않았다. 뛸 때마다 불편한 느낌이 들었다. '더 쉬어야 하는 건가?' 하는 생각을 하니 마음에 또다시 먹구름이 지기 시작했다. 혼란스러워하는 나를 보고 코치님과 조조가 다가와 괜찮으냐고 물었지만 그들의 말은 잘 들리지 않았고 붕 뜬 눈동자로 불안한 모습만 내비쳤다. 나는 그런 모습으로 다른 사람들의 훈련을 방해하고 싶지 않아 혼자 몸을 좀 더 몸을 풀어야겠다며 운동장 끄트머리로 갔다. 코치님은 틈틈이 나의 상태를 체크했다.

"해원, 괜찮아요?"

운동장 끄트머리 이쪽에서 저쪽으로 뛰어다니던 나는 여전히 불안한 눈동자로 말했다.

"아직 뛸 때마다 좀 불편한데 오늘 뛸 수 있을까요?"

코치님은 불안해하는 나와는 달리 담담하게 말했다.

"오랜만에 뛰어서 그런 걸지도 몰라요. 많이 불편한 거 아니면 일단 한번 뛰어 봐요. 좀 더 뛰면 아드레날린 효과로 괜찮아질 수도 있어요."

나는 아드레날린이라는 단어가 나오자 '지금 농담하나?'라는 생각에 잠시 화가 날 뻔했지만 농담이라고 하기에는 코치님의 표정이 여느 때와 마찬가지로 진지했다. 코치님의 말처럼 좀 더 뛰고 나니 그 말이 사실이라는 것을 알게 되었다. 진짜 아드레날린으로 인한 효과 때문인지는 아직도 알 수 없지만 코치님 말을 듣고 과감하게 뛰기 시작하니 오히려 통증이 사라졌다.

그 뒤로 1년이 지난 지금 나의 슬개골은 여전히 가끔 불편하고 종종 문제가 생긴다. 그래도 이제는 요령이 생겨 무릎이 뻐근해지면 보호 기구를 차거나, 찜질을 해주거나, 물리치료실 언니에게 배운 운동을 하거나, 무릎을 덜 쓰는 훈련을 한다. 나름의 적응 과정을 터득해가는 것이다. 그 과정을 통해 알게 되었다. 어디를 다쳐도 100퍼센트 완치란 없겠구나. 이렇게 적응하며 뛰는 수밖에 없겠구나. 단지 회복을 위해 필요한 것은 다친 부위가 슬개골인지 쓸개골인지 정확하게 아는 것, 나의 상처를 다정하게 진단해 주고 다시 돌아오길 기다려주는 동료들을 찾는 것, 겁먹고 움츠러들기보단 힘껏 달려보고 아드레날린을 분비시켜 보는 것이 아닐까, 생각해 볼 뿐이다. 그렇게 나는 절뚝이면서도 축구를 하러 간다. 가방에 보호 장비를 가득 넣고, 아픔에 익숙해져 가며 계속 뛰기 위해서.

웃기는 주장

내가 처음 주장 제의를 받은 날은 홍동초와의 첫 매치가 얼마 남지 않았던 때였다. 민달팽이 코치님이 나에게 전화를 해서 반반FC의 주장을 맡아보는 것이 어떠냐고 물었다. 우리 팀은 연령 스펙트럼이 넓은데 내가 딱 그 중간에 위치해 있기도 했고, 사람 좋아하고 분위기 띄우는 것이 특기인 성향도 눈여겨 본 모양이었다. 코치님과 팀원들 사이에 의사소통이 필요한 시점이기도 했다. 나는 겉으로 티 내지는 않았지만 기분이 좋았다. 냉큼 해보겠다고 말했다. 주장을 결정하는 일은 코치님의 제안만으로 할 수 있는 일은 아니었기에 곧바로 있었던 훈련 날 팀원들에게 의견을 물었다. 팀원들 역시 주장의 필요성을 느꼈는지 흔쾌히 수락하고 반겨 주었다. 그렇게 나는 반반FC의 주장이 되었다.

얼마 지나지 않아 우리 팀의 첫 매치가 성사되었다. 우리는 처음으로 다 같이 손을 모아 파이팅을 외쳤다. 주장으로서 첫 임무는 다 같이 "파이팅!"을 외치기 전에 대표로 "반반!"이라고 외치는 것이었다. 그날의 기억이 아직도 생생하다. 처음이라는 특별함도 있지만, "반반!"이라고 외치던 내 목소리가 정말이지 너무나도 생소했기 때문이다. 내가 태어나서 지금까지 한 번도 내 본 적 없던 소리였다. 분명 삑사리가 아닌데 삑사리가 난 것 같은 중저음 느낌의 고음이라고 해야 하나. 몇 번 더 하다 보니 이제는 익숙해졌지만 처음 입 밖으로 저 알 수 없는 소리가 튀어나왔을 때는 사실 좀 창피했다. 지금은 그렇게 힘껏 소리치고 나면 마음이 시원해진다. 그렇게 소리치는 내 모습이 멋지게 느껴질 때도 있다. 요즘은 소리를 지르기 위해 축구를 하러 온 것이 아닐까 하는 생각이 들기도 한다.

이제 3년째 주장을 맡게 된 나는 종종 생각한다. 나는 어떤 주장이 되고 싶은가. 사전적 의미로 주장이란

'팀을 대표하는 선수이자 우두머리가 되는 장수'이다. 우두머리, 특히 장수라는 말이 왠지 마음에 든다. 처음에는 실력으로 팀을 대표할 수 있는 주장이 되고 싶었다. 그런데 또 마음이 앞서다 보니 욕심만 늘어 자꾸 나를 누군가와 비교하고 경쟁하고 자책하게 됐다. 게다가 같이 성장해야 하는 팀 동료들과 나를 저울질하는 내 모습과 마주하게 될 때면 마음이 너무 힘들었다. 이러다가는 축구가 싫어지거나 내가 싫어지거나 둘 중 하나로 나가떨어질 것 같았다.

그래서 나는 내가 잘할 수 있는 것으로 팀의 대표 주자가 되어 보기로 했다. 특기를 살려 사람들을 웃기고 사기를 북돋아 주기로 마음 먹었다. 그 후로 나는 원래도 이상한 사람이지만 더 이상하게 행동을 하며 사람들을 웃게 하고, 훈련을 하거나 시합을 할 때면 "좋아!" "괜찮아! 잘했어!" "반반!(파이팅!)" 같은 말로 자주 소리를 질렀다. 우리 팀을 아주 많이 아끼고 사랑해 주는 것. 그것이 내가 주장으로서 우리 팀을 대표해 누구보다도 잘할 수 있는 일이라고 생각했기 때문이다.

언젠가부터 나는 좋아하는 마음 앞에 자주 겁을 먹었다. 책임져야 할 것들이 하나씩 늘어날수록 마음의 짐

이 늘어난다고 생각했다. 무언가를 좋아하는 마음도, 함께 쌓여가는 책임감에도 자주 한발씩 물러섰다. 책임지지 않기 위해 적당히 좋아했다. 그러나 내가 엄마가 되고 나서부터, 온 생을 걸고 지켜야 할 존재들이 생겨난 순간부터 나의 의지와 상관없이 절대로 물러설 수 없는 것이 있다는 것을 알게 되었다. 버겁고 두려운 날도 있었지만 의외로 훌쩍 뛰어넘거나 가볍게 달리고 있는 날이 더 많았다. 물러서지 않는 날들이 늘어나면서 나는 알게 되었다. 책임감은 무게를 짊어지는 것이 아니라 지키고 싶은 것을 있는 힘껏 사랑하는 것이고, 사랑에 무게가 더 할수록 더 가벼워질 수 있다는 것을.

나는 이제 더 이상 좋아하고 책임지는 것을 두려워하지 않는다. 그래서 내가 반반FC의 주장이라는 것이 정말 좋다. 이렇게까지 축구를 열렬히 좋아하는 내가 좋다. 여전히 나는 멋지기보다 웃기고, 실력보다 좋아하는 마음이 앞서는 사람이지만 진지한 마음과 가벼운 책임감으로 우리 팀을 사랑하고 있다. 그러니 올해도 나는 웃기는 주장이 되어 사랑하는 동료들을 더 많이 웃기고 열심히 소리치는 사람이 되어 보아야겠다.

우리가 실력이 없지,
자존심이 없냐?

얼마 전 아이들 준비물을 사러 읍내 문구점에 갔다가
도 대회에 같이 나갔던 우연히FC의 은숙 언니를 만났
다. 언니는 대회 당시 신입 회원이었는데, 단단한 피지
컬과 저돌적인 움직임 그리고 공을 향한 집념으로 단
번에 우연히FC의 주전 수비수가 되었다. 도 대회 마지
막 날 내가 수비 라인 가장 오른쪽에서 "라인 올려, 라
인!"이라고 가장 많이 소리쳤던 언니이기도 했다. 우
연히FC와는 도 대회 이후 일련의 사건들로 교류가 없
던 터라 아주 오랜만에 만났다. 건너건너 들리는 소식
으로는 도 대회 이후 팀 분위기가 어수선해지고 내분까

지 일어나면서 거의 해체 직전까지 갔다고 했다. 짧지만 한때 같이 뛰었던 사람으로서 팀은 해체되어도 언니들은 계속 축구를 하고 있길 바랐다. 가까이 지냈던 몇몇 언니들에게 연락해볼까 생각하고 있었는데 이렇게 우연히 만나게 되어 더욱 반가웠다.

"언니! 진짜 오랜만! 잘 지냈어요? 거기 팀 분위기 심상치 않은 거 같던데. 괜찮아요?"

"말도 마. 너네 가고 나서 장난 아니었어. 사람들끼리 싸우고 감독도 나가고 결국엔 그때 같이 뛰었던 사람들 다 나갔어."

"진짜요? 그럼 팀이 완전 해체된 거예요?"

"해체는 아닌데 거의 해체나 다름없지 뭐. 그 회장이랑 임원들만 남았어. 알지? 행사 때만 오던 사람들. 그나저나 회장이 시합 나가자고 또 연락했다며? 그거 한다고 한 거 아니지?"

"절대 아니죠. 코치님이 좀 혹하는 거 같길래 절대 안 된다고 했어요."

"내가 진짜 그 회장, 반반한테 또 나가달라고 하는 거에 기가 막혔잖아. 내가 다 미안하더라니까? 근데 혹시라도 반반이 나간다고 하면 진짜 자존심도 없다고 생

우리가 실력이 없지, 자존심이 없냐?

각하려 그랬어."

"저도 그랬어요. 우리는 자존심도 없냐고, 거기 나가면 진짜 자존심도 없는 거라고 세게 말했어요. 그래서 지금 나간 언니들은 어디 있어요? 축구는 하고 있어요?"

"축구는 하고 있어. 평일 저녁에 일단 우리끼리 모여서 막 차고 있어."

"다행이다. 안 그래도 소식 듣고 우리끼리 그런 얘기했었거든요. 팀이 해체되더라도 언니들은 계속 축구 했으면 좋겠다구. 그럼 언제 한번 같이 매치해요!"

"그려 그려, 좋지. 내가 잠깐 나온 거라 이제 가봐야겠다. 나중에 연락해!"

짧은 시간 많은 이야기를 나누고 돌아서며 나는 생각했다. '이번엔 지켰다, 자존심.' 드디어 지켜낸 자존심에 마음 한가득 뿌듯함이 차올랐다.

우연히FC에는 우리 팀에는 있지도 않고 생기지도 않을 것 같은 직책이 하나 있었는데, 바로 '회장님'이었다. 우연히FC는 홍성군 축구 협회에 처음 등록한 정식 여자 축구팀이었으므로 협회와의 정보 공유나 소통이 필요했다. 주로 그런 일을 하는 사람이 회장님이었다.

회장님의 최종 목표는 이 팀이 협회에 잘 보이고 대회도 많이 나가 주목을 받음으로써 홍성 여자 축구의 입지를 다지는 것이었다. 그래서 회장님은 자신이 경기를 뛰는 것보다 외부 사람들에게 팀을 소개하고 대회에 참여하게 하는 것이 더 먼저였다. 어떻게 보면 우리가 남의 팀에 합류하여 도 대회에 참여할 수 있었던 것도 회장님의 그런 목표 덕분이었다. 그 목표는 적어도 도 대회가 끝날 때까지는 긍정적이었다. 특히 도 대회에서 마지막 경기를 졌지만 잘 싸워 내면서 많은 사람(특히 협회에 높은 사람들)에게 여운과 기대를 남기게 되었기 때문이다.

그러나 회장님의 결과 지향적인 목표는 도 대회가 끝난 후부터 문제가 생기기 시작했다. 대회가 끝나고 반반FC가 팀으로 돌아가자 우연히FC의 팀 내부 상황은 여러모로 어수선해졌고 그런 와중에 청양에서 열리는 전국 아마추어 대회에 출전하게 된 것이다. 대회 신청은 해놓았는데 사람들이 싸우고 팀을 나가는 상황에 처하자 회장님은 애가 탔는지 다시 반반FC에게 도움을 요청했다. 이번에는 팀 차원이 아닌 개별적인 요청이었다. 나를 포함한 너댓 명의 친구들이 또 한 번 우연히FC

에 합류하여 대회 준비를 하게 되었다. 대회까지 시간이 얼마 남지 않은 상황이었다.

우리는 연습도 같이 몇 번 못 해보고 대회를 나가게 되었다. 나는 그날도 늦게 도착하는 바람에 급하게 옷을 갈아입으며 허둥댔다. 그런데 분홍색 유니폼 사이에 체크 남방을 입고 서 있는 봄봄이 눈에 띄었다. 경기가 임박하여 바쁜 상황에도 멀뚱히 서 있는 봄봄을 보고 물었다.

"봄봄, 왜 옷 안 갈아입어?"

봄봄은 유니폼이 없어서 참여할 수 없을 것 같다고 했다. 우리가 급하게 투입된 경기라 모든 장비와 유니폼을 우연히FC에서 준비했는데, 그것을 준비하기로 한 사람이 회장님이었다. 회장님과 주변 사람들은 분주해 보였다. 유니폼을 찾는 전화와 인원을 채우기 위한 전화를 계속 돌리고 있었다. 나는 '그래도 설마 못 뛰진 않겠지' 하는 마음으로 몸을 풀며 문제가 해결되기를 기다렸다. 그러나 시합이 시작될 때까지 문제는 해결되지 않았고, 결국 봄봄은 경기장 밖에서 응원만 하다 돌아가야 했다. 그런 봄봄을 보고 가장 화가 난 사람은 우연히FC의 감독님이었다. 감독님이 눈물까지 보이며 자기는 더 이상 못 해먹겠다고 당장 집으로 돌아가겠다는 것을 주변 사람들이 겨우 말렸다. 아비규환인 그곳에서 나는 화낼 타이밍을 잡지 못해 조용히 봄봄만 위로하다 집으로 돌아왔다.

대회는 하루에 두 경기씩 이틀 동안 치러졌다. 다음 날 다시 경기장으로 가면서 문득 '설마 또 같은 일이 일어나는 건 아니겠지' 하고 생각했다. 그런데 설마가 사람 잡는다고 전날 있었던 유니폼 문제가 그대로 똑같이 일어났다. 이번에는 그 대상이 비빔이었다. 회장님은 유니폼을 찾으려는 것인지 새로운 사람을 찾으려는 것인지 여기저기에 또 전화를 하느라 정신이 없어 보였다. 전날 봄봄이 그랬던 것처럼 유니폼을 입은 사람들 사이에 혼자 생활복 차림으로 앉아 있는 비빔을 보니 화가 치밀었다. 이 문제의 책임자인 회장님은 어제도 오늘도 제대로 된 사과 없이 어쩔 수 없는 일이라며 되려 화를 냈다. 무엇보다 나는 이 일들이 반반FC 팀원들에게만 일어났다는 사실에 마음 깊은 곳에서부터 분노가 일기 시작했다. 심장이 빨리 뛰고 손발이 차가워지기 시작했다. 이번엔 도저히 참기가 어려워 회장님을 찾아갔다. 거기서 소리 지르고 싸울 수는 없으니 최대한 차분하게 말했다.

"회장님, 오늘 비빔 유니폼…"

회장님은 내 말이 끝나기도 전에 버럭 소리를 질렀다.

"됐고! 내가 알아서 할 테니까 빨리 가서 워밍업이나 해! 시합 시작 얼마 안 남았잖아!"

나도 순간 신경질이 났지만 실제로 경기가 얼마 안 남았기도 하고 아픈 몸을 이끌고 나온 우연히FC 언니들이 나를 부르는 소리를 들으니 마음이 약해졌다. 비빔도 나를 보고 얼른 갔다 오라고 손짓했다.

결국 비빔도 그날 시합을 뛰지 못했다. 첫 번째 시합이 끝나고 나는 바로 짐을 쌌다. 비빔과 같이 있던 노지에게도 빨리 짐 싸서 가자고 재촉했다. 뒤에 경기가 하나 더 남아 있었다. 인원은 부족하고 팀에는 온통 부상자들이었다. 언니들이 테이핑을 하며 전반이라도 뛰고 가면 안 되겠냐고 했다. 우리가 가면 10명으로 뛰어야 하는 상황이었다. 애원하듯 떨리는 언니들의 목소리를 들으니 마음이 너무 아팠다. 그러나 이번에는 도저히 참을 수가 없었다. 언니들한테 미안하다고 말하는데 눈물이 났다.

"언니, 미안해요. 근데 저 오늘은 진짜 도저히 안 되겠어요."

그런 나를 보며 언니들이 이해한다는 듯 오히려 자기들이 미안하다며 내 등을 쓰다듬어 주었다. 그때 회장님이 다가왔다.

"뭐야, 왜 짐을 싸?"

내가 대답했다.

"저희 가려고요."

회장님이 갑자기 또 버럭 화를 냈다.

"가긴 어딜 가! 지금 가면 인원 부족이야 안 돼!"

나는 더 얘기하기도 싫어서 대꾸하지 않고 경기장 밖으로 나왔다.

그렇게까지 화가 난 것은 정말 오랜만이었다. 돌아가는 길에도 화가 난 마음이 가라앉지 않아 심장이 벌렁거렸다. 정작 당사자인 비빔보다 나와 노지가 더 흥분한 바람에 비빔은 시원하게 욕 한번 하지 못하고 마을에 도착했다. 흥분한 우리를 안심시키려는 듯 비빔이 차에서 내리며 한마디 했다.

"저 회장님한테 앞으로 우연히FC랑 대회는 절대 안 나간다고 했어요."

나는 내 분에 못 이겨 몇 마디 하지도 못하고 온 게 내심 마음에 걸렸는데 비빔은 그새 조용히 할 말은 하고 온 것이다.

그 사건 이후 내가 아무리 축구를 좋아한다고 하지만 그래도 다시는 이런 일을 당하지 않으리라 다짐했다. 무엇보다 우리 팀 사람들에게 또다시 이런 일을 당하게 하면 나는 축구를 할 자격도, 반반FC 주장을 할 자격도 없는 사람이라고 생각했다. 그래서 얼마 전 회장님이 코치님을 통해 또 다시 함께 대회에 나갈 생각이 없냐고 물었을 때 나는 '절대' 안 된다고 했다.

이 사건이 터지기 전까지만 해도 나는 우연히FC 회장님 같은 사람이 홍성군 축구협회 회장이 되어야 한다고 생각했다. 회장님의 직설적이고 강한 표현이 내부를 향하면 상처가 되었지만 외부를 향할 때면 너무나 든든하고 멋지다고 생각했기 때문이다. 경기장 이용 시간을 지켜주지 않아 늦은 시간 우리를 기다리게 했던 축구팀 아저씨들에게도, 평소에 음료수 한 통 사온 적 없다가 대회 날 갑자기 응원해준답시고 와서는 "아줌마들 파이팅!"을 외치던 축구 협회의 높은 사람에게도 회장님은 불같이 화를 냈다. 그래서 우연히FC 언니들은 회장님이 우리에게 큰소리를 칠 때마다 이렇게 말하곤 했다.

"오해하지 마. 회장님 지금 화난 거 아니야. 그냥 말하는 거야."

언니들이 회장님을 설명해 주던 이 말은 우리 엄마도 자주 하는 말이었기 때문에 회장님의 큰 소리가 나에게 그리 큰 상처가 되었던 것은 아니다. 그때 내가 분노한 것은 회장님의 태도가 우리 팀의 자존심을 건드렸기 때문이었다.

관계에 있어서는 최대한 버려야 하는 것이 자존심이라 생각했는데, 축구에서는 어떻게든 지켜야 하는 것이 자존심이 되었다. 그래서 나는 그날 이후 혼자 이런 생각을 하게 되었다. '우리가 인원이 없지, 자존심이 없냐?' '우리가 실력이 없지, 자존심이 없냐?' 우리가 없는 것들 뒤에 '자존심은 있다'라고 하니 뭔가 멋지게 느껴졌다. 그래서 나는 이제 당당하게 외친다. "우리도 자존심은 있다!"

응원하는 마음

우리 팀은 뛰는 사람보다 응원하는 사람이 더 많다. 이 것은 우리 팀의 장점이자 단점이다. 팀은 매번 인원이 부족해 시합도 제대로 못 나가는 실정인데, 응원하는 사람들은 꾸준히 늘어 이제는 팀원 수보다 응원하는 사람이 더 많아졌다. 그렇다고 엄청난 인파의 응원단 을 보유한 것은 아니고 우리 팀 규모에 비해 많다는 것 이다.

내가 장점이자 단점이라고 한 이유는 응원하는 사람 은 이렇게 많은데 신입 부원은 늘지 않는 안타까움 때 문이다. 팀 차원에서 플래카드도 만들어 걸어보고 (일주일 만에 수거를 당했다. 한 달 넘게 걸려 있는 것도 옆에 버젓이 있었는데 여자 축구라고 무시하나! 하는 생각이 들어 민원을 넣으려다 겨우 참았다), 마을 신문에도 실어보고, 여기저기에 홍보도 해보았는데 실적은 아직도 0에 수렴한다. 간헐적으로 들어오는 신입 부원은 대부분 친구의 친구인 경우다.

요즘은 훈련에 서로의 연인, 가족, 아이들이 함께 오는 경우가 많아서 가족 동반 모임의 느낌도 난다. 그래서 나는 응원을 하러 오는 사람들과 마주칠 때면 한 번이라도 같이 뛰자고 강요, 아니 권유하는 습관이 생겼다. 내가 건네는 인사 뒤에는 항상 이런 말이 붙는다.

"한번 와서 뛰어 봐요. 일요일 낮 2시 홍동중 운동장이요!"

혹은 어딘가 다수가 보는 곳에 글을 올리게 되면 내용과 상관없이 제일 마지막에는 이런 글을 남기고 싶어진다. *반반FC 신입 회원 상시 모집! 언제나 대환영! 문의 010-××××-××××* 지난 연말 모임에서도 신입 부원 모집이 큰 화두였고, 그 결과 올해는 단순 홍보 외에 신입 부원 집중 모집 기간, 신입 부원을 위한 6주간의 기초 훈련 시스템 운영, 굿즈 제작 등 새로운 방법들을 시도해 보기로 했다.

　이번 브런치북 출판 프로젝트에서 내 글이 선정되었을 때 심사평 첫 문장도 이렇게 시작한다. "어느새 면 단위 작은 마을의 여자 축구부를 응원하고 있었다." 나는 이 글을 팀원들에게 공유하며 이번에도 부원이 아니라 응원하는 사람만 늘리게 되었다며 책이 출간된다면 신입 부원 모집에 조금이나마 보탬이 되길 바란다는 말을 남겼다. 어째서 우리는 신입 부원이 아닌 응원단만 늘어가는 것인가. 신입 부원 모집이 잘 되지 않아 아쉬운 마음과는 별개로 나는 가끔 우리 팀이 이렇게까지 응원을 받는 것이 신기하다.

　반반FC의 숙명의 라이벌인 달풀과 가장 최근 경기에서 우리는 2:0으로 이겼다. (이로서 전체 스코어 2:2로 동점이 되었다.) 이날은 이겼다는 것보다도 우리가 그동안 배웠던 플레이들을 실전에서 수행할 수 있었다는 것에 큰 감동이 있었다. 그리고 그 감동은 우리보다 우리를 보러 온 사람들에게 더 크게 와닿았던 모양이다. 이날도 어김없이 드론을 띄워 경기 영상을 찍어 준 전력 분석관님은 "프리미어리그를 보는 것보다 더 재미있었다"는 표현까지 쓰며 극찬을 아끼지 않았다.

“계속 패스 플레이 하려고 노력하는 것도, 상황을 잘 만들어 가는 것도, 무엇보다 패스 후 그 자리에 머물러 있는 것이 아니라 다시 공을 받으러 가는 움직임들이 정말 정말 엄청나게 발전한 것 같습니다. 너무 감동입니다.”

　나는 분석관님의 이야기를 들으며 지나온 우리의 시간들이 떠올랐다. 동시에 우리의 성장을 함께 지켜봐 준 사람들의 얼굴이 떠올랐다. 함께 뛰고 있거나 뛰었던 사람들, 우리의 경기를 보러 와주는 가족들과 지인들, 오며가며 구경하던 동네 사람들, 우리의 상대가 되어 주었던 어린이와 청소년, 그리고 족구팀 아저씨들. 이렇게나 많은 응원을 받는 팀이라니. 우리의 성장을 함께 해주고 지켜봐 주는 사람들이 이렇게나 많다니. 자부심과 고마움 그리고 약간의 책임감이 느껴졌다.

　그런 책임감 때문이었는지 반반FC의 역사적인 첫 대회 참여 소식을 마을에도 알려야겠다는 생각이 들었다. 날짜나 장소 등을 간단히 적어 마을 밴드에 우리의 출전 소식을 알렸다. 생각보다 많은 사람이 응원의 댓글을 달아 주었고 이곳저곳에서 후원과 지원을 아끼지 않았다. 마주치는 사람마다 파이팅을 외쳐 주고 직접 시합을 보러 와준 사람들도 있었다. 우리는 비록 예선에서 탈락했지만 많은 사람의 응원에 힘입어 잘 다녀왔다는 말을 꼭 전하고 싶었다. 나는 대회 출전 후기를 마을 밴드에 올리겠다고 자진했다. 처음에는 간단한 인사 정도로 쓰려던 글이 쓰다 보니 장문의 수상 소감이 되어 버렸다. (다시 한번 말하지만 우리는 예선에서 탈락했다.) 조금 민망한 마음이 들었으나 누구 하나 빼놓을 수 없는 고마운 사람들이었기에 어쩔 수 없다고 생각하며 여러 장의 사진과 함께 글을 올렸다.

안녕하세요, 지난 주말 첫 대회 출전을 하고 돌아온 반반FC입니다! 마을 분들의 성원에 힘입어 다친 사람 없이, 즐겁고 씩씩하게 잘 다녀왔습니다. (…) 이번 대회에는 올해 제작한 새 유니폼을 입고 참여했습니다. 저희의 든든한 스폰서 복많관, 홍성의료복지사회적협동조합, 홍성여성농업인센터 감사합니다! 언제나 든든한 지원군이 되어 주는 홍성여성농업인센터에서 간식비와 봉고차를 지원해 주셨습니다. 덕분에 탄소 배출도 줄이고 팀원들 포함 응원단까지 꽉 채워 부담 없이 움직일 수 있었습니다.

평촌 요구르트에서 평촌요구르트를 보내주셨습니다. 경기 후 출출한 배를 든든히 채울 수 있었습니다. 매주 저희와 함께 훈련하고 계신 손○송, 정○성 님이 후원금을 보내주셨습니다. 덕분에 경기 후 푸짐한 점심 식사를 할 수 있었습니다. 두 분의 사랑 가득한 마음에 감동을 받아 팀원 중 한 명이 거의 눈물을 흘렸습니다. (…)

이외에도 대회 출전을 선언한 뒤 많은 분들이 응원 글을 남겨주시고 마주치는 분들마다 잘 다녀오라고, 잘 다녀왔냐고 응원을 전하고 안부를 물어주셔서 마음이 따뜻해졌습니다. 이번 대회에서 선수단보다 응원단이 더 많은 팀은 저희뿐이지 않았을까요! 모쪼록 저희의 소중한 경험에 마음 보태어준 분들께 다시 한번 감사의 마음을 전합니다(♡) 앞으로도 씩씩하게 나아가는 반반의 활동을 지켜봐 주세요!

사랑 많은 반반FC 신입 회원 상시 모집! 언제나 대환영! 문의 010-××××-××××

글 아래 마을 사람들의 응원 댓글이 달렸다.

*후기를 읽으니 같이 뛰고 싶은 맘 이에요~^^

-홍동초 선생님-

*실력이 많이 늘었어요

-홍동FC 팀원-

*선수들 얼굴이 어쩜 이리도 맑고 아름다운지 저절로 미소가 지어집니다. 항상 응원하겠습니다!

-꾸러미 농장 사장님-

*요즘 바빠서 참석하지 못해 아쉽네요.
멀리서나마 응원 가득 보냅니다. 파이팅하세요!

-국제심판자격증이 있는 농부-

며칠 뒤 반반FC 초창기 멤버이자 나를 홀리듯 운동장으로 달려가게 했던 양양이 우리에게 금일봉을 전해주었다. 시합 날 주고 싶었는데 시간을 잘못 알아서 늦었다는 말과 함께. 봉투에는 이런 손글씨가 적혀 있었다.

친구들의 능력을 열렬히 시기하고 뜨겁게 동경하고
묵직하게 존경하고, 결국에는 사랑으로 지지하며
금일봉을 바칩니다. 뒤풀이에 잘 쓰시길 바랍니다.

-양양-

나를 포함한 팀원들은 양양의 메시지를 보고 금일봉이 아니라 양양이 필요하다며 아우성을 쳤다. 우리의 첫 시합을 진심으로 응원해 주는 마을 사람들의 따뜻한 말과 금일봉에 담아준 양양의 편지를 읽으며 운동장 밖에서도 우리를 애정하고, 추억하고, 그리워해 주는 사람들의 얼굴이 떠올랐다. 그리고 그들이 꼭 신입 부원이나 팀원일 필요는 없을 거라는 생각도 하게 되었다. 비록 운동장에서 만나지 못하더라도 우리 팀의 성장을 진심으로 바란다는 점에서 우리는 이미 한 팀이나 마찬가지였기 때문이다. (물론 팀원이 된다면 더할 나위 없이 좋을 것이다.)

지금까지 나는 엄마로서 혹은 다년간 이것저것을 덕질해온 사람으로서 누군가의 성장을 응원한다는 것이 나를 얼마나 살릴 수 있는 일인지 알게 되었다. 무언가를 좋아하는 마음과 좋아했던 순간들, 그리고 그로 인해 생기는 자부심, 책임감, 지키고 싶은 마음 같은 것들이 결국에는 더 잘 살아내고 싶은 마음을 만들어 냈기 때문이다.

무엇보다 누군가의 성장을 꾸준히 함께 한 사람들은

서로에 대한 마음이 별 수 없이 깊어진다. 무조건적인 신뢰를 바탕으로 무조건적인 응원을 하게 된다. 그런 응원을 받는 날이면 결과는 중요하지 않게 된다. 우리가 하는 행위들이 그 자체로 인정받고 사랑받는 기분이 들어서다. 무엇이든 이유가 필요한 세상에서 조건 없는 응원은 언제나 벅찬 감동이 있다. 그래서 나는 이제 응원하는 마음이 나를 살리고 동시에 상대도 살리는 일이라고 믿는다.

　(엄청나게 응원 받는 반반FC 신입회원 상시 모집! 언제나 대환영!)

축구로 글을 쓰는 사람들

축구로 글쓰기를 해 온 지 1년이 되어간다. 처음엔 네 명이 시작했고 지금은 다섯 명이 하고 있다.

시작은 어느 날 은근이 단톡방에 축구 에세이 링크를 올리면서였다. 그 글을 보고 나는 반반FC에서 축구로 글쓰기 모임을 하면 좋겠다는 생각에 제안만 하고 이런 저런 이유로 미루고 있었다. 미루기가 습관인 나와 달리 몸이 먼저 움직이는 봄봄이 더 이상 기다릴 수 없다는 듯 선언에 가까운 공지를 올렸다.

2023년 1월의 주제〈축구와 나〉마지막 주쯤에 만나

글을 나누면 어떨까요? 하고 싶은 사람 있으면 함께
해요!

'하면 좋겠는데… 해야 하는데…' 하며 자꾸 끝을 흐리
던 나를 포함해서 주저하던 사람들이 하나둘 모임 신청
을 했다. 그렇게 나와 봄봄, 조조, 은근이 함께 글쓰기
모임을 시작했다.

첫 모임은 토요일 아침 마을에 있는 작은 카페에서
만났다. 운동장이 아닌 곳에서 운동복이 아닌 옷을 입
고 생수가 아닌 차를 마시고 있으니 기분이 좀 새로웠
다. 봄봄이 던져준 첫 번째 주제로 각자 써온 글을 읽고
다음 주제와 다음 모임 시간을 정하고 헤어졌다.

두 번째 모임을 준비하고 있을 때쯤 민달팽이 코치님
한테서 연락이 왔다. 자기도 글쓰기 모임에 함께 하고
싶다고 했다. 모임 날짜와 주제를 알려 주었다. 모임 날
이 다가오자 다시 연락이 왔다.

"다음 글쓰기 모임은 어디서 하나요? 당연히 글을
써가야 되겠지요?"

나는 처음이니까 그냥 편하게 오시라고 하려다가 갑
자기 민달팽이 코치님의 글이 궁금해져서 "한 줄이라

도 써 오는 게 좋을 것 같아요. 부담 갖진 마시구요^^"라고 보냈다. 지금 와서 보니 코치님에게는 아주 부담이 되는 답장이었을 것 같다. 정말로 부담이 되긴 했는지 코치님은 글쓰기 모임 날 "안녕하세요? 반반FC에서 코치를 맡고 있는 민달팽이입니다"라고 시작하는 자기소개서인지 편지인지 모를 글 한 편을 적어 왔다. 이 글은 본인이 홍성에 살게 된 이유부터 반반FC를 만들게 된 과정, 어떻게 반반FC와 사랑에 빠지게 되었는지가 적혀 있었다. 마무리는 "반반 팀에게 고맙고 감사드립니다"로 끝났다. 주제와는 맞지 않는 글이었지만 그것까지 민달팽이 코치님을 닮은 글이었다. 반반FC를 향한 애정 가득한 마음을 느낄 수 있어서 부담을 주길 잘했다고 생각했다.

재밌는 사실은 다른 사람들 역시 글 마무리는 항상 "축구 너무 좋아!" "반반 사랑해!"와 같은 마음을 아주 점잖고 다양한 표현으로 풀어 써 놓는다는 것이었다.

> (…) 축구를 잘 하고 싶다는 뜨거운 마음만큼이나,
> 우리 팀원들과 이렇게 행복한 축구를 오래오래

하고 싶다는 마음이 가득해진다. 글을 쓰며 축구를 사랑하는 마음과 우리 팀을 사랑하는 마음이 종종 혼란스러웠는데, 그만큼이나 떼어낼 수 없는 관계이기 때문인 거 같다. 일 년이 넘는 시간 동안 그냥 축구한 게 아니라, 우리 팀에서 축구할 수 있어서 좋았다. (조조, 〈반반FC와의 1년＋6개월〉)

2년 전의 내게 필요했던 것이 같이 축구를 할 사람이었다면, 지금 내게 필요한 건 반반FC 동료들이라는 것이 신기하다. 정말 많은 것이 변했다. 무엇보다 더는 조마조마하지 않는다. 끈끈보다는 좀 더 느슨하고 편안한, 그러나 든든함을 느낀다. 누구보다 가장 어렵고 힘든 방법으로 축구를 시작했으니, 그게 아까워서라도 쉽게 그만둘 수는 없지. 계속해서 '축구를 좋아하는 마음'을 나누며, 또 서로의 성장의 증인으로 오래오래 운동장에 남고 싶다. (은근, 〈축구를 시작하기 가장 어려운 방법〉)

저렇게 사랑을 고백하는 날이 있는가 하면 평소에는 쉽게 나누지 못한 내밀한 이야기들을 적어 오기도 했다.

그 이야기들은 서로를 향한 질문이기도, 자신을 향한 고백이기도 했다. 그렇게 적어 온 글들은 자기소개서가 되었다가, 반성문이 되었다가, 한 편의 성장 소설이 되었다가, 결국엔 자기 자신과 친구들을 향한 편지가 되었다.

> "아직 어디에서 한 번도 이야기해 본 적은 없었는데,
> 사실 출산 후에 요실금이 생겼어요. 축구를 하다가
> 갑자기 배에 힘이 팍 들어갈 때 가끔 나도 모르게 찔끔
> 하기도 해요. 큰 불편함까지는 아니었는데 저번에 2단
> 줄넘기를 할 때는 어려웠어요." 모임에서 내 이야기를
> 꺼내니 친구들도 자신들의 이야기를 들려주었다.
> 이상하게 위안이 되었다. 내가 축구를 하면서 느꼈던,
> 또 여성으로서 축구를 하면서 느꼈던 몸에 대한
> 이야기를 듣고 나누고 싶었다. (봄봄, 〈내 몸의 이야기를
> 나눈다는 건〉)

> 요즘에는 축구를 하다 보면 축구에 접근하는
> 태도에서 지난날의 나와 비교를 하게 된다. 그간 내가
> 해온 축구는 팀 스포츠가 아니라 개인 스포츠였다는

것을 지도자로서 창피하게 고백한다. 연습은 게을리하고 게임은 내 마음대로 하고 팀보다는 내가 먼저였다. 반반FC에서의 축구는 새로운 축구가 되었다. 그동안 내가 해 왔던 축구와 다른 과정, 다른 결과였다. (민달팽이,〈축구하는 나의 몸〉)

글을 쓰며 우리는 어떤 날은 반반FC의 팀원, 어떤 날은 동네 친구, 어떤 날은 한 사회를 살아가는 여성으로, 또 어떤 날은 한 시대를 살아가는 동료가 되어 이어졌다. 모두 글이 아니었다면 몰랐을 이야기들이었다. 우리는 함께 글을 읽으며 자주 웃고 가끔은 울었다. 축구를 하며 끈끈해진 마음이 글을 쓰며 진득해졌다.

격식 있던 첫 번째 모임을 제외하고 우리는 주로 평일 낮에 모였다. 장소는 주로 우리 집이었다. 식탁 주위에 둘러앉아 커피를 내리고 그동안의 근황에 대한 이야기와 각자가 써온 글을 낭독했다. 대부분 근황 토크에 시간을 다 써버리는 바람에 글 읽는 시간은 정신없이 시작되고 아슬아슬하게 끝났다. 다섯 사람의 낭독이 끝나면 우리는 함께 밥을 해서 먹었다. 각자 싸온 재료로 같이 요리를 해 먹기도 하고, 누군가가 만들어 온 요리를 함께 나눠 먹기도 했다. 채식을 하는 친구들이 많아 대부분 비건 요리였다. 그렇게 건강한 한 끼를 함께 먹고 나면 축구를 하고 난 뒤만큼 개운하고 건강해지는 기분이 들었다.

　축구 시합이 끝나면 우리는 종종 이렇게 이야기할 때가 있다. "운동장에서 일어난 일은 운동장에 두고 옵시다." 그러나 글쓰기 모임을 하면서 가끔은 운동장에 던져둔 이야기를 이렇게 건져 올리는 것도 괜찮은 일이라고 생각하게 되었다. 앞으로 더 많이 건져질 우리의 이야기가 기대된다.

잠들지 못 한 밤이 내게 주는 것들

그날은 노엘 겔러거의 공연을 보고 집으로 돌아가는 길이었다. 나 혼자 공연을 보러 가는 것은 10년의 육아 생활 중 처음 있는 일이었다. 오랜만에 간 서울은 너무나 복잡하고 어려워 돈 만큼이나 시간이 낭비되는 곳이었다. 공연장에 겨우 시간 맞춰 도착하고 끝나자마자 막차 시간 맞춰 정신없이 집으로 돌아가고 있었다. 브런치북 출판 프로젝트에 수상자가 될 수도 있다는 메일을 받았다. 길 찾다가 핸드폰 요금을 다 써버리는 바람에 메일 제목만 확인하고 꺼진 핸드폰만 멍하니 바라보며 집으로 돌아왔다. 집에 오니 자정이 넘었고, 고요하고 차가운 마룻바닥에 누워 그날 하루를 돌아봤다. 노엘 겔러거를 보고 온 사실도, 내 글이 책이 될지도 모른다는 사실도 믿기지 않아서 잠을 설쳤다.

기쁨은 가을 단풍처럼 스치듯 지나가고 긴 겨울이 시작됐다. 아이들은 방학을 하고 나는 삼시세끼의 굴레 속에서 집요하게 집안일과 글쓰기만 하며 지냈다. 힘에 부치는 날이면 뜬금없이 화이팅 노래를 만들어 불렀고 아이들은 영문도 모른 채 재미있다며 따라 부르곤 했다. 글이 책으로 가는 여정은 노엘 겔러거를 처음 보았을 때처럼, 처음 아이를 키웠을 때처럼, 축구를 처음 시작했을 때처럼 새롭고 신기하다가 길을 잃어 헤매기도 하고, 감격도 했다가, 눈물도 쏟고 콧물도 쏟는, 그런 일이었다. 그러면서도 기어이 책상 앞으로 갔다. 그래도 해야지, 어쩌겠어 해야지, 그럼에도 해야지, 어떻게든 해야지. '해야지' 앞에 갖은 수식어를 붙여 가며 글을 썼다. 길었던 겨울을 지나 어느새 나는 출발선 앞에 서 있다. 이제는 이 책 너머에 있을 사람들과의 만남이 기대되어 잠을 설친다.

나의 첫 시작을 응원해 준 가족들과 친구들, 매주 함께 운동장 위를 달리고 있을 반반FC 팀원들, 수많은 메일과 숨기지 못한 나의 주접을 달게 받아 준 황서연 편집자님, 시도 때도 없이 무너지는 나를 섬세히 돌봐준 남편 바람, 그리고 엄마 없는 밤을 기꺼이 내어준 든든한 나의 아이들 '울림-이음-우리'에게 감사와 사랑을 전한다.

2024년 봄
초롱산 아래 통나무집에서

축구를 통해 경계선을 뛰어넘고 사회에 균열을 내는 여성들의 이야기가 유머러스하면서도 믿음직한 문장들로 펼쳐져, 읽는 내내 마음껏 울다가 웃다가 자주 벅찼다. 특히 이 책이 이룬 남다른 성취는, 언론의 스포트라이트에서 늘 비껴나 있어 어디서도 쉽게 접할 수 없는 지방 소도시의 풍경과 그곳에서 살아가는 사람들의 일면까지 생생히 담아냈다는 점이다. 노해원 작가는 여성성과 지역성이 축구공 위에서 포개지며 빚어내는 순간들을 정확하게 포착해서 어디서도 본 적 없는 독특한 운동 에세이를 세상에 뻥 차 넣는 데 성공했다. 이를테면 여성들과 어린이들이 치열하게 맞붙어 싸우며 서로를 키우고 함께 성장하는 눈부신 순간 같은 것들을. 대지를 시원하게 가르는 롱패스 같은 이 책이 많은 이들의 마음속에 골로 꽂힐 것을, 골 네트를 흔들며 마음속에 격한 지각변동을 일으킬 것을 굳게 믿는다. 적어도 나에겐 그랬다. 결승 골이었다.

— 김혼비,《우아하고 호쾌한 여자 축구》저자

글이 춤춘다. 골 세레모니하는 선수의 발걸음처럼 기분
좋게 문장이 쭉쭉 내달린다. 시골에서 아이 키우는 엄
마가 축구를 어찌 한다는 거지? 라는 의문이 쏙 들어간
다. 한계가 곧 출구였다. 공동체 정서가 남아 있는 지역
이라서 가능한, 평생 응원석만 지키던 사람이 마침내
'선'을 넘자마자 일어난 축구의 마법이다. 공차기가 몰
고온 에너지와 신바람이 대단하다. 득점왕도 없는 시골
여자축구 이야기에 행복한 인생을 사는 비결이 담겼다.
타고난 미드필더답게 저자는, 먼 행복을 찾아 우왕좌왕
하는 독자를 향해 정확한 곳에 패스를 찔러준다.

— 은유,《해방의 밤》저자

이 책을 읽고 내가 왜 축구를 그토록 사랑해 왔는지 깨
닫게 되었다. 축구의 매력을 세심하게 포착하여 이해
하기 쉽게 설명해 주기 때문이다. 수없이 공감했다. 때
로는 '나도 분명 느꼈었지만 설명할 길 없던 감정'이 단
몇 문장 안에 완벽히 담겨 있다. 몇 번이고 다시 읽었다.
좋은 글을 읽을 때의 기쁨이었다. 내가 사랑하는 두 가
지, '축구'와 '글'이 완벽하게 어우러져 있었다.

나는 축구 콘텐츠 제작을 업으로 삼고 있다. 내가 생각하는 '좋은 축구 콘텐츠'는 그것을 보고 난 뒤에 축구화를 챙겨 운동장으로 뛰쳐나가게끔 하는 콘텐츠다. 이 책이 그렇다. 그만큼 생생하다.

저자는 축구에서 축구만 배우는 게 아니다. 자기 자신에 대해 더 잘 알게 되고 타인의 마음을 더 잘 헤아리게 된다. 삶에 대해 배우는 것이다. 축구에 전혀 관심이 없는 사람에게도 이 책을 권하는 이유다.

— 김진짜, 유튜버

반반FC 코치를 하면서 축구에 대한 열정과 배우려는 의지, 그리고 축구를 대하는 순수함을 엿보게 되었다. 오히려 내가 더 배우고 새롭게 시작하게 되었다. 반반FC와 같이 축구를 하면서 느낀 많은 감정들이 이 책에 잘 녹아져 있다. 반반FC 이야기들을 책으로 빛을 보게 해준 주장 해원에게 감사의 마음을 전합니다.

— 민달팽이, 반반FC 코치

시골, 여자, 축구

초판 1쇄 발행 2024년 6월 11일
초판 2쇄 발행 2024년 7월 5일

지은이 노해원
펴낸이 유정연

이사 김귀분
책임편집 황서연 **기획편집** 신성식 조현주 유리슬아 서옥수 정유진 **디자인** 안수진 기경란
마케팅 반지영 박중혁 하유정 **제작** 임정호 **경영지원** 박소영
일러스트 김푸른 @herxblux

펴낸곳 흐름출판(주) **출판등록** 제313-2003-199호(2003년 5월 28일)
주소 서울시 마포구 월드컵북로5길 48-9(서교동)
전화 (02)325-4944 **팩스** (02)325-4945 **이메일** book@hbooks.co.kr
홈페이지 http://www.hbooks.co.kr **블로그** blog.naver.com/nextwave7
출력·인쇄·제본 (주)삼광프린팅 **용지** 월드페이퍼(주) **후가공** (주)이지앤비(특허 제10-1081185호)

ISBN 978-89-6596-631-9 03810